天下文化

BELIEVE IN READING

醫中有情

臺北榮民總醫院院長

張德明的行醫筆記

張德明——著

BGB491

目錄

輯二　親愛的家人

輯三　生命中的活水

輯四 歲月帶來的豐美人生

輯五 做好我的事情

推薦序

多采、美好的奮鬥人生

作家、臺大外文系名譽教授　齊邦媛

當我真正老了，自知目力有限，早上看兩份報紙，現實人生令人憂愁的多，快樂的少。落日之後，能自己選書，不再看陰暗沉鬱的書，只看言之有物，有陽光的書或文章。

德明醫師這本書，陽光耀眼，但因醫中有情，耀眼陽光就變得溫暖了。他出生在詩書家庭，自己也很愛抄詩寫字；用醫生的話說：「或許還真有些基因灌頂而入」。他一直相信醫學根本就是藝術和科學的結合。在門診看近百個病人，解決問題還要撫慰人心，自己必須找到出口沉澱回暖，漸漸養成了寫下感想的習慣。二〇一四年在臉書設了「張德明風濕病圖書館」。有專科講座、醫藥新知、心靈對話、脈動迴響，幾大部分，原則上每週都有新作，期待傳輸些正能量。

我也是德明醫師的病人，但是只去看診一次，是他的長年支持者我妹寧媛推著輪椅去的。但是他判斷迅速，一針下去抽出我膝關節的積水，我即可恢復行走，不需要回診了。

真正認識他，是在那一大把芍藥花上。為了慶祝我八十五歲《巨流河》出版，我妹與外甥邀請了我們三總醫生餐敘表示感謝，席間德明醫師以一束花作賀。

那是我六十年來第一次重見芍藥花，尤其感謝他真正看到了我書中對故鄉的懷念，種在故鄉祖墳上的芍藥花，「在我日後的一生中，代表人生許多蔓延的，永不凋謝的，美與悲痛的象徵。」

不久，德明醫師已升任國防醫學院院長，再三請我去為他們學生做一次演講，我自以為幽默的定題為「當秀才遇見兵——談詮釋」，講古代詩人吟唱史詩的成就，那是一場專業的、僵硬的、失敗的演講，幸虧聽眾受過軍事訓練，沒有睡著了或打呵欠的努力撐住了張院長的場面。我自己懊惱多日，怎麼那麼迂腐，不選個有趣的題目？但是也沒有彌補的機會了，他不久就升任軍醫局局長。

國家軍醫局七十餘年來在臺灣醫療、衛生、醫事教育各方面服務軍民，自南到北，影響深遠，我一直希望政府或有心人認真的寫軍醫史。二〇一五年他被派任臺北榮民總醫院院長，五年半以來，研究科目、技術深度、服務方式皆有與時並進的創新。院區的建築，最老的中正樓與新廈並肩，現代化的湖畔門診區，每天有萬人來診，努力使他們沉重的來，輕快的回家。

當然一個人的成功後面，多半有安定溫暖的家庭，有寄情的興趣，有旅行的調劑，但是我最迫切的問題是，他們這些工作狂怎麼能夠這麼看似歡愉的活著？

讀到第一九九頁〈寶可一夢〉，自以為找到答案。

它的開頭就令人一驚：「想忍住，很想忍住，一定要用力的忍住；不能說，就不能說，或許根本就不該說。但真的忍不住，不能不說。」

這是怎麼回事？

接著第二段：「今天，就是今天，二〇一九年十月二十五日，寶可夢達到最高的四十級。」

這是一個真正的答案，卻是我所不了解的活法。翻回到一六二頁的〈寶可夢與安徒生〉，才恍然大悟。由這虛擬的抓寶熱潮，不得不驚嘆世界的快速改變，令智者有時也沉溺得不可自拔，必須強下決心，才能抽離。我很榮幸能在此書中看到有智慧的人如何在電子機械的冰冷中努力保留，發揮人性的溫熱，使我對未來世界多了一些安心與樂觀。

二〇二〇年五月

推薦序

醫者的科技腦與人文心

——讀臺北榮民總醫院張院長的行醫筆記

遠見・天下文化事業群創辦人　高希均

專業醫師的志業，是為了拯救生命、遠離病痛；而當專業醫師擁有愛心，既能醫病也能醫心，更可以幫助病人追求幸福人生。在臺灣，優秀的學生常以醫科為第一志願，所以從來不缺專業醫生；但兼有專業和愛心的醫師就不多，我有幸認識幾位：陽明大學前校長張心湜醫師、和信治癌中心醫院院長黃達夫醫師、花蓮門諾醫院前院長黃勝雄醫師等。天下文化出版了他們從醫初心與理念，他們的著作已匯聚為臺灣優良醫師的典範，今天又增加了一位：臺北榮民總醫院院長張德明醫師。

國軍退除役官兵輔導委員會主管三所榮民總醫院：臺北榮總、臺中榮總和高雄榮總，它們都擁有相當豐富的人才與資源。張德明院長領導臺北榮民醫院體系六年，自二〇一四年一月擔任副院長開始，從硬體與軟體的更新與建置，到建立與全球同步的疫病防治體系，為已成立六十五年的榮總醫院，於學術研究與臨床醫療領域，引入高科技帶來的新趨勢，注入新的活力。

畢業於國防醫學院、美國哈佛大學生物學碩士的張德明院長，曾任三軍總醫院院長、國防醫學院院長、軍醫局局長、陸軍中將，不僅是一位將軍醫師，也是一位散文作家。他一心治病、管理醫院、作育醫學人才；另一手書寫感性文章，分享他的內心世界。在他的心中及筆下，診間裡的每一個病例故事，都是人生縮影；生活裡每時每刻的觸動，都能引發深遠的洞察。

他是一位同時具備「科技腦」及「人文心」的醫者，他為臺北榮總引進了全球最新科技的重粒子癌症治療設備，造福臺灣的病患，在精準醫療上領先全臺。他認為醫學是人文與科學的結合，所以醫師不僅要在科學上精進，在人文涵養則是要更上層樓。

張院長在工作第一線上，專業且真摯，我們得以從書中習得醫學專業知識與生活體驗上的啟發。這是一本人人可讀的好書。

自序

願生命豐滿盈溢

相信是有些天分，或者也有環境因素，從小喜歡文學藝術，愛看書、愛寫作，讀醫科卻偏愛文學，自己也覺得好奇。就像多年來主治的自體免疫疾病，迄今仍多屬病因未明，就以遺傳、環境等多重因素涵蓋過去，但總還是得舉些證據，讓論述實在些。

談天分，記得爺爺是公務員也是位詩人，小學時常被叫到詩舍裡抄詩，大概字還算漂亮或爺爺覺得漂亮，或根本只是一種帶小孩的手段，抄完好像給幾個銅板。那個年代情感是很含蓄的，現在想來，可能也是一種祖孫愛的表達。爺爺很早就蓄了鬍鬚，穿了長袍，既沒抱抱，也沒親親，但記憶中就是位詩人，可能有些文學細胞由血液裡丟了進來。外婆的父親好像是位秀才，當然也愛舞文弄墨。其實也不知道是否那個年代，總得詩詞歌賦的風雅一番，或許還真有些基因灌頂而入。

談環境，父親也是公務員，認真工作，薄薪養家，在那個全民胼手胝足的時代裡，少了閒情逸致，但訂閱報章雜誌，從不手軟，也成為重要養分。那個年代報章很少風花雪月、娛樂八卦，多的是社論短評或文學作品，隨手翻閱就潛移默化。尤其父母傳統上視「讀書」為乖巧孝順的觀念，從不吝惜買書錢，偏靜的個性也就真看了些書。從張愛玲的《紅玫瑰與白玫瑰》、卜寧的《塔裡的女人》，到《杜月笙傳》、金庸、瓊瑤的系列小說，完全不挑的葷素無忌，也就沉厚了底蘊。

不知是否算得天獨厚，長時間的閱讀，培養了寫作的興趣，到現在睡前一定看半小時雜書才能安然熄燈，也常信手隨筆，習慣性的寫作。進了醫學院，因為醫學本就是藝術和科學的結合，人文教育的興起，更讓自己風雅有據，也常對年輕學生說，好醫師要博覽廣聞，才能更深入了解疾病與病人。醫療的過程，沉浸於喜怒哀樂。煩冗的門診，要在短時間內聽看近百人的訊息，解決問題還要撫慰人心；走出診間，有時空到見底，有時又豐滿盈溢，必須找到出口沉澱回暖！身上隨時筆不離身，也一直習慣帶個小記事本，直到習慣用手機記事。

無論在診間、在街頭、在山巔水濱、在生活中的每個時刻，偶有觸動，信手拿張小紙片，記幾個關鍵字，之後再用手機記錄，空暇時再輸入電腦潤飾成文，其實通常費不了多少時間。

大約從二〇〇三年還在三軍總醫院任職時，就偶爾寫些短文，但產量甚低；二〇一四年初到榮總，感覺對病人的責任更重，也深刻了解醫病醫心。而自己因為公務繁忙，自忖疏於衛教，於是起心動念，在臉書開設了「張德明風濕病圖書館」，當時設了專科講座、醫藥新知、心靈對話、脈動迴響四大部分，原則上每週都有新作，期盼傳輸些正能量。假以時日，也就累積了些成品。

許多師長、好友，尤其是病人鼓勵集冊出書，以方便溫故。唯公務繁忙，因循怠惰，且總有些自詡文人的自負，不齒四處求售，直到因緣具足，得到遠見・天下文化事業群創辦人高希均教授和王力行發行人的賞識，才得償夙願。衷心希望此書出版，能開卷有益，讓自己得到滿足，也讓別人有所收穫。

二〇二〇年五月三日，於臺北榮民總醫院

書序

行醫筆記

這本書彙集了大約一百零三篇文章，約七萬字，分為以下五章。

〈白袍下的感動〉一章，是行醫生涯中的點滴，尤其是在診間，許多的觀察、許多的詠嘆、許多的機鋒、許多的溫暖、許多的悸動、許多的甜酸苦辣，是記錄自己，也記錄他人，更願分享眾人。

〈親愛的家人〉一章，最傳神經典的，應該就是印第安那．瓊斯（Indiana Jones）的那句話：不管再精采的人生，都需要能夠一起分享的人。人生的道路上，最能耐煩解憂的就是家人；成功的道路上，最應分享榮耀的也應該是家人。

〈生命中的活水〉一章，是在辛勞忙碌的過程中，以天地為師，以萬物為養分的抒發。看山、看海、賞花、觀魚、品酒、行旅，尤其是寶可夢遊戲，一機在手，樂趣無窮，都是生命中療癒再起的活水源頭。

〈歲月帶來的豐美人生〉一章，是人生中許多歷練的心得，也是自我的省思。民國七十年畢業迄今，漫長歲月裡，終究有許多見山不是山、見山是山、見山又不是山的過程；終究有許多欠人欠己的省悟。只有在不斷提醒自己謙卑、再謙卑的態度裡，勇敢面對並感恩惜福。

〈做好我的事情〉一章，則是把工作中的片段做些分享，讀者或可於字裡行間窺探一些工作上的來去匆匆，也希望能有所啟發或共勉之處。

不得不謝謝妻兒偶爾看我擁機神遊的窘境，或偶爾在電影院突然開手機記事的惹厭；更感謝許多忠實讀者在閱讀後的鼓勵，尤其感謝天下文化事業群吳佩穎總編輯，和陳怡琳副主編的大力協助，在極短時間內填鴨式的閱讀，還做了完美分類，令人對其專業肅然起敬。

期盼本書的付梓出版，能為社會添加正能量，是慰我心。

二〇二〇年五月三日，於臺北榮民總醫院

前言

優游科學與藝術的人生思索

從醫近四十年，我一直認為，醫學是科學與藝術的結合。科學與藝術有一個共同點，即是對日常生活的細心觀察，以一顆敏感的心來感受生命的每一個律動。這是我與病人保持像朋友般關係的祕訣，在溫暖、深具啟發的細節裡，科學的真與藝術的美，是我想透過這本書傳達給讀者的；我認為一位好醫師，須同時擁有科學腦與藝術心。

小學時代的我，是老師與同學心目中的模範生，卻在小學畢業要考初中時，經歷了一次挫敗。當時我是四所臺北省立小學模擬考的第一名，不免有些輕漫，正式聯考時反而大意沒進第一志願，這一時的顛簸給了教訓，之後的一路走來，就一直都是認真謹慎的。

中學時期，我其實喜歡文學，但那個年代的氛圍，男生總被認為要念理工科系才有出息，自忖也很難說服父母的諄諄告誡「學醫可以靠自己不求人」，只有從眾如流。當時醫學跟農學都在聯招丙組，我的成績只能上臺大農學院，幸好跟著同學一起報名軍校聯招，錄取了國防醫學院。就這樣，隨著菁英從醫的浪潮，走上了行醫這條路。

醫病關係，細心與關懷

或許有些醫師認為，醫師只看病，概依科學且冰冷的標準作業治療。但我認為，同理心是最重要的。同樣的疾病，每個病人會因不同的嚴重度、感受度、環境背景，而影響結果與預後。其中很大因素來自於人，像是心理素質、人格特質、工作壓力，和家庭支持等。心理的懦弱與堅強、人格的敏感與隨興、工作的輕鬆與沉重、家庭的和諧與緊張，當然都可能是落井的石頭或溺水的浮木。如果沒有能信賴的醫療資源，病人一定會惶恐無依。所以，即使是在短暫的診療時間裡，也應提供臂膀，讓病人產生信賴感，並嘗試多一分對人的了解，才能攜手抗病。

醫師還須廣泛涉獵各種知識，跟病人才能有醫學以外的互動，醫病之間也會有較融合的關係。好比我家附近有家火鍋店，老闆娘清楚知道每一位熟客的背景，哪家的小孩出國讀書或工作、哪位客人習慣點什麼菜等等，讓人賓至如歸。同樣的，醫師也該如此。每當病人走進診療室，我都會講些讓他們心情放鬆的話，比如：「你今天頭髮剪短囉！」「哇，你今天指甲油變成紫色囉！」簡單的題外問候，讓病人覺得受到關注，因為他們不再只是「二號、三號」而已。

醫師誓詞中不容任何宗教、國籍、種族，或地位的差異。販夫走卒與達官顯貴，能有對待上的不同嗎？曾有一位知名企業老闆推著坐輪椅的母親進診間，我掙扎於是否起身相迎，但念及下一位進來的若是藍領粗工，我就坐著，那表示我心中有了差別，我應只須悉心診療，而不應因身分而站起坐下。

不論病人是誰、做什麼，他們跟我是平等的。職場上心臟科、泌尿科等常會遇上較多權貴人士，但根據流行病學，自體免疫疾病較多低教育程度與社經地位的人，病人可能認為我當過院長、將軍，不敢跟我多說，但我依然跟他們打成一片。因此病人也真心相待。曾有一位搬貨女工病人問我：「大夫，今天怎麼心情看來有點不好？」我說：「事情太多了。」她直率的說：「有能力的人就是要多承擔。」這樣樸實直接的言語，比包裝過的虛偽更切中人心，短短一句話就讓我如釋重負，因此我相信醫病是可以相互療癒的。

這樣細膩的特質，也許跟遺傳、家庭教育有關。父親任職於臺鐵，我就在臺北忠孝西路的臺鐵宿舍長大。那時常有工友到家裡來，父母對他們都很好。雖然只是小康公務員之家，父母還是會照顧弱勢的人，對我影響甚深。

我寫文章，也能讓心柔軟；我喜歡走大馬路，在熱鬧的地方觀察人；過年跟太太去菜市場，看到蒸籠冒煙、大家努力做事，就感受無比的活力。這樣的訓練是重要的，若只是個冷漠的人，活在自己的世界，就不會是好醫師。

堅持目標，使命必達

堅持目標，也是我很重視的。任三總院長時，任期僅兩年一個月，除處理日常事務外，完成了兩件較值得一提的事情。其一是成立會議中心，國醫中心由澳洲的建築師設計，原在地下室只有兩個會議廳，當然不敷使用。正好放射科的膠片開始數位化，保存大量膠片的房間空出來，乃改建成有五個會議廳的會議中心，適可舉辦國內或國際大型會議。

另一則是正子檢查中心。那時還在擔任三總行政副院長，被授權督導興建。我一週開一次會，除農曆春節從不間斷，逼得營造廠董事長、總經理都來關切。前後一共開了六十三次會，完工後成為當時首屈一指的醫療設備。

打造有溫度的國防醫學院

讀醫行醫四十年，我有一個深刻的體會，就是醫師這一行其實不一定要高智商，除非走向尖端醫學研究，只要思慮清晰、多念點書就可以了，IQ不是絕對的關鍵。一個好醫師，EQ比IQ更重要，更應有一顆溫暖體恤的心。我教的醫學生，幾乎從小就是第一名，我的觀察是，他們可能較為自我。然而要成為好醫師，還需要會念書以外的特質。

過去醫學院是七年制，現在是六年，包括兩年通識、兩年基礎醫學、兩年臨床實習。有人認為兩年通識課浪費時間，但通識教育的歷史、文學、藝術等課程，能豐富醫科學生的視野與智能，在未來行醫路上，涵養了底蘊，才是取之不盡的活水。

學習環境也很重要。我擔任國防醫學院院長時，因學校剛從水源院區搬到內湖院區，當時那裡黃土一片，什麼都沒有。我向臺北公園處要了幾百棵樹，又規劃了醫澤園。因為一直以來認為，一個美麗的城市，一定有迷戀的水岸；一個美麗的大學，一定有醉人的湖泊。水流進了校園，還飛來兩隻紅嘴小水鴨築巢，校訓的「源遠流長」，可謂名副其實。而良禽擇木而棲，有良木才能孕育良禽。

環境是硬體，歷史與文化是軟體。重視學習環境之外，我更重視歷史與文化的連結。國防醫學院歷史悠久，因此我接任院長後，規劃了兩個院史館。當時水源路舊院區已撥歸臺大公衛學院，且部分已遭拆除重建。經徵求當時臺大李校長同意後，我趕緊帶了一組人馬去，在瓦礫中帶回一些文物，並將這些具歷史意義的文物裝飾在新院區的院長室會議廳與貴賓廳以示傳承。也徵求古董收藏家王度先生捐贈了上百件鼻煙壺，成立了展館。圖書館則改為誠品風格，餐廳裡原有的蒼涼鋁製桌椅全改為木製；密閉的餐廳與圖書館破牆穿出，將中庭與花園裡的陽光引入室內。學生在陽光揮灑下用餐看書，這畫面光是想像就是一種美，我的責任則是把這美印在國防醫學院院區裡，陶冶師生。

圖書館裡也新設了第一任院長盧致德先生紀念館，展示他得過的勳章、用過的印章、講稿批文等物品，讓後人緬懷。後來我到臺北榮民總醫院，也規劃了院史館，目前同時擁有數位、實體展館，展示早期的醫師服、護理師服、換藥車、各型器械、牙科器材，甚至舊的牆垣屋瓦等，讓身在其中的人有感情上的連結。

我總認為，一定要能夠感激、欣賞前人留下的東西；能夠尊重、認識歷史，才能走向未來。

為了凸顯國防醫學院與其他醫學院的不同，我特地去國防部要了過時的坦克、水鴨子（兩棲登陸戰車）、F5E戰鬥機置放在校園裡，陸海空三元素都有，成為特色，也凸顯軍醫的責任與榮耀。

因公務之需，我常有機會到世界各地去參訪進步的醫院與場館，其最大的樂趣與成就不是參訪本身，而是將外國成功的經驗移植回來。

我曾到哈佛醫學院的教學醫院當研究員，也在哈佛大學念生物學研究所。哈佛醫學院在波士頓，而哈佛大學在劍橋市，往返兩地搭巴士約需四十分鐘，每天經過風情萬種的查里斯河，和人文薈萃的校院區，在古老的殿堂裡感受人文與科學的融合。

哈佛長幅的校院旗懸掛在校園裡，氣勢十足，所以我也仿效這個做法，把國防醫學院醫學、護理、牙醫、藥學，公衛等系的系旗都掛在入口大廳，讓磅礴氣勢威震校區。

後來我到新加坡參訪，看到可以在野外處理受傷士兵的戰傷中心，回國後也在國防醫學院成立了戰傷中心，成為之後訓練及參訪的重點。

我從人文的角度思考，讓這裡不只是軍事化生硬的環境，還多了文物的薰陶，透過回顧歷史，豐厚學生的思想厚度。也期待這些經驗，讓國防醫學院更國際化。

任職軍醫局局長時期，國防部安排我去美國參訪軍醫體系。我以現役軍人中將身分進入五角大廈，見了許多重要人士，每個單位、軍種都拜訪了。

這是一次難能可貴的學習之旅，也是軍事外交的重大突破。經過一個禮拜馬不停蹄的參訪，回來之後，就把值得學習的經驗帶回軍醫局。我還向當時的部長爭取每年送五名軍醫人員出國攻讀博士，想像十年後，軍方系統就有五十個博士，必將成為中流砥柱。

我四十歲升教授以後，陸續擔任三總的內科部主任，行政、教學、醫療副院長。四十九歲任三總院長，接著是國防醫學院院長、軍醫局局長，完整歷練軍系醫療體系重要職務。我沒有背景，也很少公務以外的應酬，努力加上機運，自然而然克服許多困難，跨越很多關卡。

創新榮總，年年達標

二〇一五年起，我在榮總擔任院長已五年半，每年都給自己立定目標。第一年（二〇一五年）目標是「尊重專業」、「提升效率」。

榮總人才濟濟，我的觀念是行政管理應能協助專業發展，而非指導專業。榮總是六十年老店，房舍陳舊，因此迅速翻修了思源樓入口大廳，也大力整修病房，除了新門診大樓已落成啟用，許多新工程也陸續進行中，包括新醫療大樓、臺灣第一個重粒子癌症中心、手術大樓及各部科的門診住院區。另外則是講求效率。我每天早上七點以前進辦公室，做事明快，有目標、盯進度、追成效，讓同仁感受到醫院的活力和決心。

第二年目標是「評鑑第一」、「業內打平」。

這一年我們接受醫院評鑑，在全體同仁的團隊合作下，據聞是國內第一。而醫院在我接任時，業內盈餘還是負的，靠業外收入財務才能轉正。所謂業內就是醫療收支，業外則是美食街、停車場等非醫療收入。醫院雖不是以營利為目的，但至少不應虧損。我用一年時間，就讓業內盈餘從長期赤字轉為正數，並逐年躍升。

第三年目標是「追求卓越」、「幸福員工」。

北榮的核心價值是「視病猶親與追求卓越」，宗旨是「全民就醫首選醫院」、「國際一流醫學中心」。對我而言，不是說說而已。透過盤點檢視各科別在國內醫院的排名地位，並在人力、資源及設備上全力支援，重粒子中心即為「追求卓越」的體現，唯一與第一毫無懸念。「幸福員工」的推行則從細微但有感的改變開始，如取消銀行轉帳費用、提高薪資與存款利率、憑員工證商家消費折扣、整修宿舍、增加接駁車、薪資調升等，全方位提升員工幸福感並以院為榮。

第四年是「智慧醫療」、「開源節流」。

當時智慧醫療已見風潮，乃成立智慧醫療委員會，自認召集人並全力推行。此略分為管理屏幕、臨床護理、病理檢驗、教學工具、醫療影像、大數據中心等六大領域，其中醫療影像類更連續獲得科技部認證的全國領先地位。此外也與廣達、緯創等科技大廠合作，並爭取永齡基金會於北榮設立臨床創新中心。在開源之外，也力求成本管控，包括衛材全面條碼化、設人力評估小組、空間規劃小組、節水電措施、無紙化的推動等。醫院要能長遠穩定經營，「開源節流」應是不二法門。

第五年是「智慧醫院」、「尖端醫療」。

我與五位同仁參訪美國頂尖醫學中心，包括哈佛醫學院、布里根暨婦女醫院、麻省理工學院、約翰霍普金斯醫院，並將他們的智慧醫院設計與尖端醫療成果帶回北榮，見賢思齊，朝國際一流的醫學中心與尖端醫療邁進。

後疫情時代的醫療展望

十七年前ＳＡＲＳ來襲的時候，我是三總行政副院長。因為經歷過ＳＡＲＳ，累積了豐富經驗，所以二〇二〇年初面臨新冠肺炎的挑戰，一月六日就主持了第一次防疫會議，那時政府都還沒有啟動防疫機制。一月二十三日小年夜開始，除了週日以外，我們天天開防疫會議，一直到五月中旬疫情趨緩，才改為兩天開一次會。

蔡總統說，榮總是國家醫療的最後堡壘、最後一道防線，因此我們須「超前部署」。一方面防疫滴水不漏，同時兼顧原本的急重難症照護，因為癌症、心臟病等其他各類疾病都不會因疫情而減少，絕不能失衡而顧此失彼。

第一是「禦敵境外」。我們堅持疑似感染者不能進入榮總主要醫療大樓。力求避免ＳＡＲＳ時期他院關閉醫院或急診室的風險。我們把急診室外的家屬休息空間改成發燒篩檢站，涵蓋醫護著裝的地方，再來是檢查室，檢驗室、Ｘ光照射區，甚至流動廁所等。在篩檢站外，另有一棟大樓有三間負壓隔離病房和六間隔離病室，我們出動救護車，全套防護裝備依規畫路線移轉病人，每天嚴控床位、高標準清潔消毒，集中病人管理，讓主大樓住院病人免除疑懼和風險，讓大家知道榮總是安全可靠的。

查詢病人出國紀錄方面，榮總也率先啟動，門診與探病改採預約制。中正樓大廳像機場設有六條檢查線，入院是紅外線發燒篩檢，接著填寫健康聲明書，再到櫃臺刷健保卡查出國紀錄。預約門診或探病人員因已事前查驗，故可快速通關。病人反應良好，咸認愈是嚴格，愈覺安全。疫情間很多醫學中心收益都減少了百分之二十至三十，榮總則相對維穩。榮總也在政府尚未規定前，就給照顧疑似確診者的醫護津貼，讓第一線人員的辛勞被注意到。

疫情來襲，很多事情都改變了。

先前有位路倒病人，送到臺北某市立醫院急診室，被懷疑感染新冠病毒，且又是主動脈剝離的重症，區域醫院無法處理，於是送來榮總。但主動脈剝離要進開刀房又擔心病毒汙染，只好緊急把一間開刀房做為相對負壓。有了這次經驗，興建中的手術大樓也規劃了標準負壓開刀房、負壓加護病房。其餘如器材監控，口罩、N95、外科口罩、酒精、防護衣的數量，都必須清楚掌握，酒精消毒設備也全換為感應噴霧式，才能保護同仁。視訊設備的加強、勤洗手的落實、病室的隔間、用餐區的桌距，可能都得調整。而這兩次防疫的成功經驗（SARS與Covid-19），對於一位終身服務人群的醫師，更有令人高度期盼的樂觀未來。

面對不斷精進的醫療設備與技術，我們必須要有堅定不變的信念。回想最初從醫的初心，有一幕我深刻難忘：父親帶我到國防醫學院報到，走到了現在汀州路三總，他問駐守門口的憲兵「國防醫學院在哪？」原來是我們走錯了地方。當時有人告訴我，念軍校體系是終身職，我和家人都不懂，認為「當醫師當然就是終身職啊」，醫師的使命從那時就滋長，一路走到現在。

二〇一九年九月，英國國家廣播公司（BBC）來榮總訪問我，談「智慧醫療」的發展。事實上科技的進步，帶動醫療的快速成長，AI人工智慧的應用，也在各大醫院遍地開花，臺灣在這個新領域上，擁有兩大競爭力，一是卓越的臨床醫學，另一個是領先的電子機械工程，這兩者的結合將成為我們的科技醫療的競爭優勢。但在科技的環境下，雖然醫療更精準、更有效率，但也永遠勿忘一顆柔軟體恤的心，醫師因病人而存，為病人而行。醫學本就是科學與藝術的結合。

輯一

白袍下的感動

在人來人往間學習且獲得力量，
雖疲憊回家，卻感覺幸福滿足。

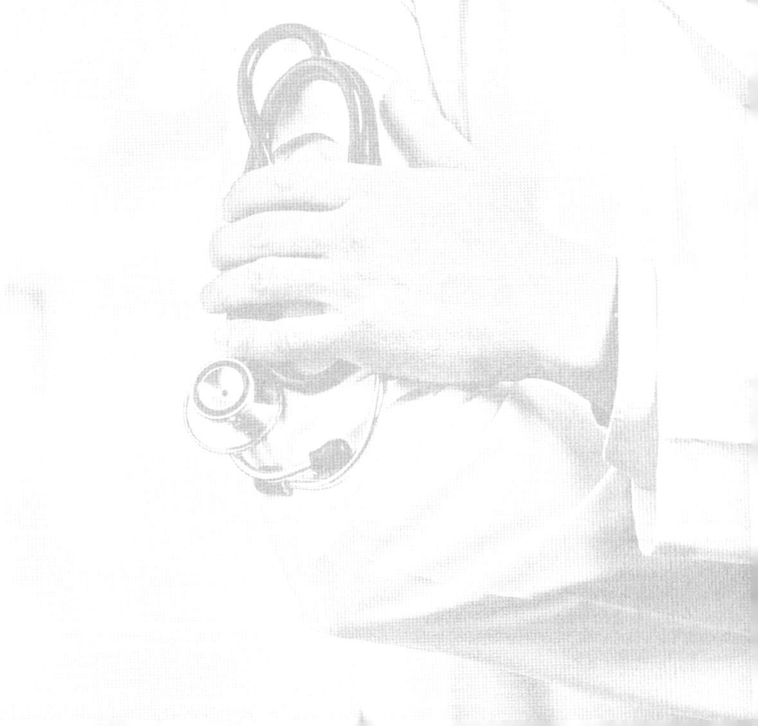

夜診之樂

四天長假前的夜診，歸心似箭的減了些耐性。不知為何，病人都姍姍來遲，還有許多初診拖拖拉拉。一位豐腴白皙的年輕女生，戴著黑框眼鏡，彎月樣的眼睛笑得燦爛。兩小腿根襪痕處有些紅疹，因為界線明顯，不像血管炎，倒像是皮膚敏感，偏偏不痛不癢，又說根本不穿襪子。真懷疑是月黑風高特別來踢館的，磨磨蹭蹭就是兜不出個所以然。

看兩人雞同鴨講了半天，時間飛逝，聲調愈提愈高，女生突然促狹的問：「醫師，你以前看過這樣的病例嗎？」不問還好，問了一團火，壓低了嗓音，奇聲怪調：「過去放長假前確實沒看過這樣的病例。」女生居然笑出聲來，「哈哈哈！我聽懂了，我跟得上你，你好好笑。」

努力的想翻白眼，卻也為她的慧黠愉悅。

這就是門診的樂趣，總在人來人往間學習且獲得力量。

又一位體格壯碩、貌相斯文的中年男子因全身痠痛複診，檢驗結果一如預料，完全正常。他露出狐疑的表情，因為畢竟疼痛未解。

問他的作息職業，非常自信的說是在鷹架上討生活，好奇的笑問：「有沒有綁安全帶？」冷靜的回：「有時候不綁，因為綁了不好做事。」再自豪補充：「但我沒懼高症，二十二樓外我也沒感覺。」

我習慣性的挑戰，聽說七樓以上就沒感覺了，講完自己也覺得有些無聊，對方撇撇嘴，可能七樓對他像平地，懶得爭辯。

有一絲欽敬，畢竟行行出狀元。相信他的疼痛和無形的壓力有關，可能是纖維肌痛症，但又能如何？也無須點破，終究那是他的生活，總該無憂無懼。當然還是提醒他小心，也開了普拿疼給他留著備用。

疲憊的回家，卻感覺幸福滿足！

還要活多久？

一位打扮入時的八十二歲老太太總帶著外傭來看診，精神氣色都不錯，不但頭髮都有「setto」，還畫眉、胭脂、口紅，一樣不少。

老伴走了，兒女國外，每次看診都華服在外、憂鬱滿面。其實也沒什麼大不了的病，就是個乾燥症加退化性關節炎，狀況穩定，藥也沒什麼變化。很快開好，老病人了，就聊一下。

她皺著眉頭，「張醫師，我不想活了，太痛苦了，你能不能告訴我還要活多久啊？」

這什麼問題啊？看看桌面，既沒文鳥也沒龜殼，但沒被問倒過，就亂問亂答。促狹的直盯著她，狠狠打量著，裝模作樣的屈指在算，直看得她有些心慌，瞳孔逐漸縮小，背脊都挺直了。

確定繃緊了，這才徐徐緩緩的說：「嗯，大概還有個十五年。」

看她吁了口氣，臉上鬆了下來，還瞪我一眼，「唉喲，活那麼久幹嘛，再五年就差不多了。」

我戲謔的回，「這麼痛苦還這麼貪心噢！」

她啞然失笑，「不是啦！我外孫還沒長大。」

眉舒顏展後歡喜的離去。或許今夜有個好眠，再就安分幾個月吧！

將病痛拋諸腦後

一位五十七歲矮胖女病友，樂觀聒噪，總笑逐顏開，喜孜孜的看診，也不知道在高興什麼，病痛彷彿是身外之物，毫不走心。先生陪著來，但站得遠遠的，靜靜的看著，沉默不語，標準人型立牌。

她進來就一直講話，對病情毫不在意，總聊著其他。今天仍很興奮：「我二月生日，是雙魚座，最羅曼蒂克。」

不懂星座，很難接，也只能亂應一下，「是錦鯉還是金魚？」

她笑得花枝招展，「沒有啦！人家叫我肉圓。」

我無助的看著她先生，後者面無表情，但是用低沉有力的聲音說：「可以走了。」

頓時如釋重負。

無厘頭的問答是診間生物製劑外的仙丹，醫人癒己，何樂不為。

封口藥布

九十歲老太太，外表瘦弱，總穿著素淨布袍，說話輕輕的，走路慢慢的，鋪著皺紋的臉上有沉寂的風霜，卻有對彷彿瞭然世事的晶亮眼睛。

應該是住新竹的客家人，講國語有股特殊腔調，聽起來舒服。每次由女兒攙扶著看關節，總靜靜的坐著無怨無聲，都是女兒喳呼喳呼在旁喋喋不休的問，常應接不暇的想上去貼塊封口藥布！

今天她們一進診間，只瞥一眼，就說怎麼老太太看起來不太好，氣色蠟黃蒼白。女兒低聲回說老太太昨夜沒睡。得意自己的望聞功力，立即玩笑式的問老太太，是不是被女兒吵的，想可逮著了機會就電一下。

沒想到女兒哭出來，說爸爸幾天前走了，老太太也哭了出來。一時慌了手腳，立即手禮連聲抱歉，且非常內疚。旁邊遞上紙巾，卻掩不住兩人撲簌的眼淚。女兒哽咽說父親九十六歲，兩老七十年相依相伴，老太太實在放不下也捨不得。

伸手緊握住老太太右手，希望傳給她溫暖和安慰。女兒哭得放肆，這才明瞭她平日的多言是豪邁的個性和滿滿的親情，自己沒體察到這層，反而單純的顧怨其話多。旁邊人提醒她要多所節制，以免悲傷的氣氛更刺激了老人家。看她倏忽撇著淚花閃身於後，真是令人動容的乖順。

臨走，大力拍著老太太肩膀，希望給她力量和祝福，也為失言再度抱歉。這事同時也給自己上了一課，觀察還需要更細膩的學習，人性仍有待更深入的體認，且封口藥布還不知道誰比較適用。

診間裡最後一瞥

門診時刻，眾聲喧囂的匆忙，理學檢查中課堂裡一再交代學生務必要做的視診，常只剩下驚鴻一瞥。當然即使短促，這一瞥卻已是多年經驗與智慧的累積，知道該看哪裡、看什麼，不能掛一漏萬，也不會大驚小怪。

察言觀色的正面審視後，常在病人臨出診間前的最後一剎那，我會再改變心意或多嘮叨一番，其實能再提供訊息的，正是那即將離去的背影。

背影，最直接的聯想，應是朱自清一九二五年寫的一篇膾炙人口的散文，深刻細膩的描述一幕父親為他遠行送別，為他爬上攀下，費力的去買橘子的背影，令他不能忘懷，而成為中國現代散文史上寫父子親情的代表作。

診間裡的背影，若行動遲滯迤邐著愁雲，我常會再補寬慰幾句，或加開個慢性處方箋；若花枝亂顫的咯咯而去，我會再肅聲叮囑，請其勿掉以輕心；若動作迅捷流暢洋溢著歡喜，我就會放下心來，會心一笑；若動作解離的分段格放，我就會再提醒保暖保健，輕移慢行；若長髮披散衣著邋遢，或抱怨疼痛卻輕彈而起，我就會講個笑話鼓勵放鬆。而不論用力或輕巧的關門，用右手或左手旋轉門把，都或多或少表達病人的感受和苦痛，也都能傳達些許臨床上重要的訊息。

可別以為我皆率性而為、胡言亂語，診間裡最後一瞥的背影，仍是忙碌醫療時間內極為重要的一刻。

別疑惑，即使你已轉身，我還在看著你。

好日子

罹患乾癬的年輕女生，正服用滅殺除癌錠ＭＴＸ治療，控制穩定，每次都是男朋友陪著看病。

這次來，她問到乾癬是否會遺傳，ＭＴＸ是否會有胎毒。知道可能好日子近了，就笑看兩人：如男朋友承諾做家事就沒問題。男友痴痴的笑著點頭，女生眼裡閃著會心的光芒。

然後再正經解釋，ＭＴＸ有胎毒，想懷孕就換藥；至於遺傳性，由乾癬的家族群聚、同卵雙生、基因研究等資料研判，乾癬仍屬多因子的自體免疫遺傳疾病，有零星報告顯示，有「體染色體顯性」及「體染色體隱性」遺傳的家族。

另一項三千個家庭的大型研究顯示，若雙親皆無、單一有、或兩者都有乾癬，小孩一生中得到乾癬的機會分別為0.04、0.28和0.65；若家庭中已有一個小孩有乾癬，其他得到機會分別為0.24、0.51及0.83。

當然正確答案是有，但應該不是婚姻卻步或不生育的理由。

醫病療心

富貴的八十餘歲病人老太太又帶了外傭來診間，依然打扮入時，「setto」有型，畫眉胭脂，一無所缺。三個月回診一次，每次總要現場蹉跎一番，講些有的沒的。

這次又說孤單寂寞得不想活了，想一個人走入海裡，但又想若這樣自殺，旅居國外的孩子們會受責難……。

知道明明熱愛生命卻總是自怨自艾、左右為難的瞎扯，若順其勢，沒完沒了且無濟於事。就乾脆倒行逆施，以破其惑。

刻意壓低了聲音，煞有其事的附其耳邊說：「不能自殺。」來電了，揪蹙著眉，斜睨著問：「那要怎麼辦？」以為一定是苦口婆心的勸說，再矜持一番後勉強同意。

知道已進入高點，箭在弦上，就故作神祕，以氣音沉緩的說：「要～他～殺。」啐了一口，挑眉豎目，那怎麼行？那……。

知道談不下去了，也就乖乖站起來，三個月後再掛號開槓。

醫病療心，兼斷非非之念！

長生不老

比丘尼，罹自體免疫疾病逾十年。以前跟著師父看病，兩人在新北主持一個小廟。師父走了，她承接廟業，一肩扛起。知道她壓力大，也常不著痕跡的打氣。

因為看她一直跟著師父，總以為年輕，狀似三十五，未料五十三。面容淨朗，了無皺紋，明明已屆中年，卻幼齒童顏，猜應是心無罣礙、飲食清淡、生活規律的緣故。

醫藥正事辦妥，隨口笑問有無青春永駐之方，只找個話題輕鬆結尾。她略顯忸怩，反問我有無長生不老之藥。難怪常言，行走江湖，不得小覷僧人、女子。

毫無疑問，人類壽命不斷延長，不老已有許多方法，但長生可是千古難題，也違反自然。嘴硬不認輸，卻一時語塞。比丘尼卻找到青春的答案，說可能是看破生死，當然提到輪迴等概念。未料笑談成為嚴肅議題，反令我沉默了下來。或許終究無法長生，也難看破，但至少健康快樂是生活的方向，愉悅的心、青春的容顏；青春的心、愉悅的容顏！

臨走再追問，妳猜我幾歲？笑回四十。暗喜佯嗔怒「出家人不打誑語」，但以後免收診察費！

怕看不到你

六十二歲女性，因類風濕性關節炎看診超過十年。診間內訴說視力漸差，眼科醫師診斷是黃斑部病變，擔心的問是否風濕藥傷了眼睛。

我說早知道妳眼睛不好，用藥很小心，沒類固醇也沒必賴克婁（奎寧），應該不是藥物引起。

她放下心來，笑著說：「我是怕眼睛瞎了看不到你。」

一陣暖心，也由衷感謝病人的信任和疼惜。這就是疲累下看夜診兼說些冷笑話且樂此不疲的動力和欣慰！

天道無常

眼神酷殺，鬃刷狀粗野的三分平頭，風霜刻劃在黝黑粗獷的方型臉上，稜角一如海水浸蝕的礁岩。

血紅飄屑的乾癬沿著髮際猙獰的蔓延，臉上、胸背、四肢，無處倖免，猜是道上大哥，就嚴肅正經的看病，沒交談。

兩次門診後有了進步，豔紅漂成淡粉，厚屑變薄，氣氛稍緩，眼神斂和，感覺有了笑容，可惜戴著口罩。還說他是別人介紹慕名而來。

「要多曬太陽，乾癬怕紫外線。」對方搖頭，眼神轉烈。想就算黑道也可以白天活動吧！曬個太陽有何困難，靜默凝視著等答案。

終於開口，「我是打魚的，都深夜出港，日夜顛倒。」

「噢！佩服，漁獲還好吧？」牛頭硬對馬嘴，瞎掰著接話。

聲音上揚，「最近不錯。」口罩跟著咧開牽動。

「那恭喜！」著實替他高興，也想歡喜收場。

不料聲音轉沉，「但賣不出去，餐廳不要、散客也少，捕的魚都堆在冷凍庫裡。」

體認職業的艱難與天道的無常，供需之間，未必相因相生；悲喜之間，也就見仁見智。一隻突起的病毒，對人類造成莫大的蝴蝶效應：奪走生命、撕扯愛情、拆散親情、踐踏友情、改變行為、破壞經濟、衝擊生計、考驗人性。只有期盼能盡快平息，恢復正常。

連假清晨，驅車龜吼漁港海邊，人煙稀少。灰藍海面上風浪中獨釣的漁船，市場裡張口喊不出痛的魚，毫不遲疑埋單後烤熟的它們，一連串故事的陰錯陽差，是人生！

醫院的一日

端午值班，準時到院，心情輕鬆加上風和日麗，帶著手機微服出巡，走踏沉浸並記錄這美麗的一天。

二十二層的中正樓巍然矗立，攜手十一層的思源樓，擎天扛起三千病人的住院醫療，再信步到即將開工的十二層新醫療大樓，三廈並肩，必將開展榮總未來六十年的璀璨新頁。

往外是九層高的第三門診大樓，加上新整修的一、二門診，及湖畔門診，這個現代化的門診區迎送每日近萬的病人，擦掉痛楚、抹去憂傷，沉重的來、輕快的去。

鳳凰花染紅了綠葉，映著天光雲影，八仙圳順流而下，經荷花池輕攬著建築，潺潺水流依傍著繁茂的綠帶，在炎炎夏日像一壺清涼宜人的淡茶。

平日在家不斷隨手取食，營養室卻信守規範，一定準時放飯，還先來電問可否送餐，按捺著飢腸轆轆，輕柔有禮的說可以。中午一個粽子應景，雞豬雙全，一碗洋蔥湯，幾片水果，色味俱全，卻微不足量。

晚上感覺飢餓，痴看手機就是不響，猶疑是否已被遺忘，這辦公室裡還有個長者嗷嗷待哺。好歹也有些身分，不便去電提醒。好不容易鈴聲響起，優雅故作不經心的回顧意。明明問可不可以，頭暈眼花的什麼都答應。晚餐豐盛可口，知道再不會來電，一掃而空的意猶未盡。

夜晚的榮總，依然美麗，靜謐的院區，寂寥到只剩風聲，白日的人聲鼎沸車馬喧，霎時間難以置信的煙消雲散。或許產房中剛有呱呱落地，或許病室內正做最後掙扎，聽不見、看不到，但生命無休止的行走，清楚自己的渺小，也慶幸能服務其中。

第三門診

一株雜草

「我是一株雜草，丟到哪裡，長到哪裡。」

早上查房，一位紅斑性狼瘡患者的母親這樣對我說。

張小姐是一位僅有四十公斤重的狼瘡患者，病情正處於活躍狀態。瘦小的身軀蜷伏在病床，蒼白瘦弱，我見猶憐。任何時間查房，總見母親的身影，立於床邊，或輕拂髮絲、或擦拭汗水，悉心呵護，寸步不離。

患者母親告訴我，夜裡女兒手指、嘴角的牽動，都會令她驚醒心痛。身為人父，已能深刻體認那種捨身無己的親情，母女連心，令人悸動。她只是默默照顧，眼神中祈求我們多花些時間，卻從不開口求助。

今天患者病情較好，窗外陽光燦爛，患者母親的疲倦卻彷彿更勝患者。隨口和她說要多照顧自己身體，她說了那句話。三千元一晚的單人病房，母親堅持女兒住最好的，但我了解那是多少省吃儉用橫心後的選擇。

多少的寶貴生命在街頭喋血中喪失，多年的長者心血，熬不過浪子的一口氣，父母的哀痛，生命是那樣不值。多少的寶貴生命，卻在無言無奈間與死神拔河，白髮黑髮，分不清是誰的淚。

生命的起源未知，但浩瀚宇宙，窮科技之能迄今未證實地球外還有其他生命，我們該多麼欣喜，有幸一探這花花世界，有生老病死、喜怒哀樂，有聲光彩影、愛恨情仇，每一接觸、每一變化，都應充滿對生命的感激和尊敬。

雜草卑微卻堅韌，鮮花絢爛而脆弱，無論雜草鮮花，我們享受別人的愛，也應同樣愛別人。今世父母，亦曾子女。今世子女，也將父母。地球迴轉，我們的愛也應充沛而無止息。

如今患者高興出院，陽光歡樂又照進了一個溫馨的家庭，他們的笑，是我內心最快樂的泉源。我們有幸扮演天使的角色，就應讓天使展翅。

用藥英雄

今日得空，看了張藝謀導演的刺秦影片「英雄」。常空、飛雪、殘劍、無名；簌雨、落葉、狂沙、萬箭，四人四景只取一意：天下、蒼生，萬古、當下，誰得誰捨，何者英雄。

秦始皇兼併六國，志在天下，然暴虐無道，殘民以逞。常空、飛雪、殘劍皆為趙國俠客，一意刺秦。秦王夜枕難安，乃通令殺一刺客，黃金萬兩，並得於殿中前行十步與秦王飲。

無名練劍十載，終悟劍道，十步一劍，出手必得。故常空、飛雪、殘劍皆拋開名利情仇，捐軀無名劍下，送無名於殿中，離秦王十步之遙。無名幸臨秦王卻不出手，困思於誅暴君而失天下，英雄不為；然虐蒼生得天下，當為可為乎？誅暴君，虐蒼生，何者英雄？

十四歲男童罹患全身性紅斑性狼瘡合併腎病症候群，嚴重溶血性貧血，血小板下降，病況危急。憂愁的母親總駐足床邊，反覆訴說她的擔心。擔心病情持續惡化、擔心課業無法彌補、擔心藥物影響發育，擔心現在，更擔心未來。用藥不禁幾分躊躇，擔心病情惡化的怨、擔心課業落後的怨、也擔心未來發育不良的怨，但畢竟是非得用藥的。

一九九〇年，風濕病教科書《關節炎》的作者麥卡迪（Daniel J. McCarty）發表專論，提醒風濕科醫師扭轉過去僵化的金字塔用藥觀念，即不必過度擔心藥物副作用，拘泥由輕而重循序漸進，反錯失了治療的黃金時間；應大膽即時用藥，即使為後線藥，該用即用，不手軟、不留情，把金字塔遺留埃及人回憶。在黃金時間內一劍穿心，直搗黃龍。

但同一時間，另一位風濕病教科書《風濕學》作者克利佩爾（John H. Klippel）也發表專論，提醒風濕科醫師千萬不要贏得戰役，輸了戰爭，醫學上並不適好勇逞強。治療疾病，仍需顧全大局。治癒關節，卻傷肝敗腎，似有不值。

兩位俊彥，在油門煞車間留下無窮空間，給一位懂得藝術和科學的醫師縱情。

行醫如習劍，用藥如運劍。學十步一劍不難，藥典醫書上遍載必殺絕招，但不出手難，適時出手更難；出手制敵難，制敵不傷敵更難。戰役戰爭的省思，天下蒼生的悟念，才得用藥的真英雄。

一定要出院

沒有月餅、柚子、烤肉和明月的中秋，一如過往許多年來一樣，都是在辦公室度過。今年唯一的變化，是多個寶可夢攪和，不過可能是醫院消毒水味重，或牠們也怕打針吃藥，幾乎沒有怪獸出沒。

六月六日斷腸日就開始住在思源九樓的狼瘡病人，因反覆性中樞神經和肺臟侵犯，已進出加護病房好多次，雖然同儕已竭盡所能，仍是每況愈下的令人揪心。一次查房探視，她日夜不離的先生悄悄追出來說，希望我能常來，對她是很大的鼓舞。我於是記掛著，再忙也兩三天跑一趟。

除了偶爾重點討論，我謹守分際，盡量不去干涉主治醫師診療。每次去只和她聊聊天，即使在加護病房隔間玻璃門外也會叫叫她。就算一身重裝備，只要是清醒的，她也會勉力的搖搖手。回到一般病房或狀況好些時，聊完臨走前，我都會向她豎大拇指喊加油。

一個月前，我就戲謔的說中秋一定要出院，別害我回不了家，說哪有人由端午住到中秋的。她開心的笑著，眼睛亮亮的，好像認為這樣就說定了，不會變了。

中秋前夕，知道她出不了院了，也知道颱風要來，怕她沮喪，我又說，其實出不出院都一樣，反正誰也看不到月亮，不如留下來陪我防颱。她還是笑笑的、眼睛亮亮的，好像又說定了，不會變了。

今天去看她，她帶著氧氣鼻管昏睡著，先生悲傷的在床邊說已認不出他來。剛做完腦部磁振造影，我問護理師結果，可能聲音大吵醒了她，她虛弱的睜開眼，笑笑的、眼睛又亮了起來。先生問知不知道我是誰，她點點頭。

在生命做最後掙扎的時刻，她依然記著我。我難過的濕潤著眼，不知再說什麼，再怎麼約定。回來我畫了這幅畫，獻給我的病人們。

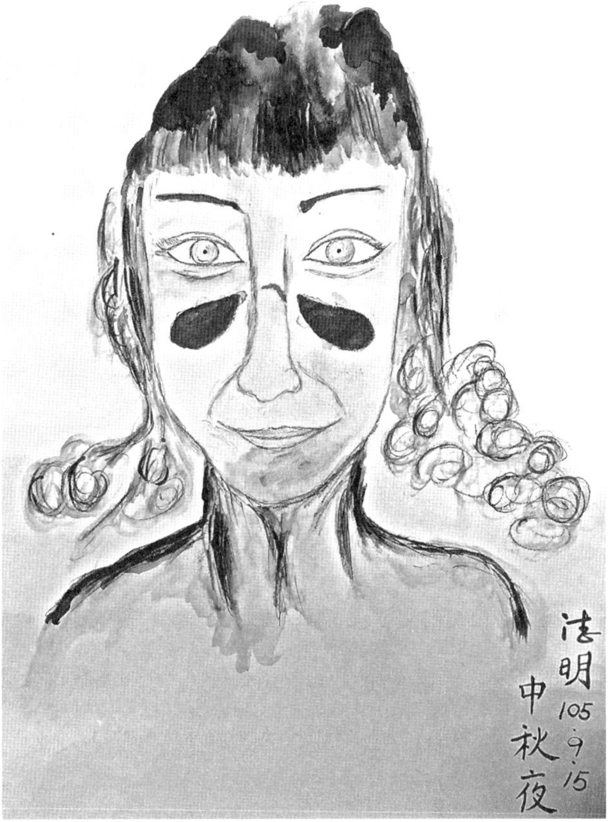
法明
105.9.15
中秋夜

逝去

只一揮手，利刃就割斷了花蕊，散落一地血紅的碎瓣。凶手剎那的快感，一掌拍碎了整排的花瓶，吹涼了每個人心中的溫暖。

看著躺在加護病床上，鼻孔嘴角淌著鮮血已不再掙扎的生命，掛著的瓶瓶罐罐也撐不開她緊閉的雙眼；散大的瞳孔，彷彿不解這殘忍的成人世界。

眼淚飆噴而出，多年的臨床經驗，知道那已是一條強留的性命，終將飄散在頻頻回首中。爸媽哭喊著名字，想喚回她對塵世的留戀，小女孩卻已傷心的無動於衷。

醫療團隊仍苦思對策，忙進忙出，想向天討命，卻力有未逮。那是醫療人員的哀傷，動情的診療，無情的掙脫。

一個人疾馳在高速公路，淚眼看著蜿蜒道路，今晨白走一趟，願逝者已矣，來者可追。

在記憶中

趕赴夜診，外面下著雨，車窗上糊了一層暈染的水霧，沉思在靜謐黑沉中，偶爾流動的強光閃過，打斷的也是空乏雜亂的思緒。

突然祕書傳了簡訊：只五個字：「×××走了。」真的擲地有聲。

「啊！怎麼搞的？怎麼會呢？」感覺難過揪心。

診斷急性心肌梗塞，就兩天，奪走了年輕性命。腦中迅速浮起身影，硬皮症併雷諾氏症候群。明亮的眼睛、乾黑的皮膚、內縮收緊的嘴、紫白的手指、腳上一個不癒合的傷口。總淺淺羞澀的笑，輕輕低柔的說，就逆來順受的個性，你看不到她的快樂。是命運吧！沒有愛情與尊嚴的灰色人生，總在醫院間奔波。母親是類風濕性關節炎，貫穿兩代的自體免疫疾病，母女常相偕來，在吃藥抽血中輪迴。

想送她一程，探詢強忍悲痛仍來看診的母親，沒訃文、沒公祭，長輩也不宜。母親也併有乾燥症，卻忍著盈眶的淚，訴說著貼心的女兒，輕輕的搖頭、搖頭，卻那般沉重。不忍再問，彷彿油麻菜籽，人世間隨風，身後也就一抔黃土，或一縷青煙。哪能怨、哪有恨！

媽媽哽咽低訴，女兒二十四歲來看我，二十五年沒換醫生。聽了痛心，那幾乎是她所有的青春，不也是我的。二十五年三百個月分，每月至少見一次，人世間有多少人能每月相約，二十五寒暑的無怨無悔。是多麼深重的緣分，在短短人生裡交會。有遺憾、有不捨，過去是否還能再多做些什麼！

繼續聽著呢喃，開了心臟手術，也許是說心導管吧？開完人還清楚，說不想進加護病房，一定充滿了恐懼，但兩天就走了，插滿管子。媽媽決定不要電擊了，弟弟說要不要拚一下，她堅定的搖頭，太苦了，救回來又如何。母親撒手小孩，是多大的痛楚和決心，又是多深的哀傷和割裂！

人走了，我無能為力，她不會再來了，只留那明亮的眼睛在記憶中。

年輕的生命

露濕的夜和著清晨的草香，疾行在冷淒的長廊，因為聲聲緊急的呼喚。一個年輕生命即將遠行，我匆忙赴會嘗試挽留。

年輕生命的離去是這樣牽絆，這樣難割捨。叢叢白髮間的黑髮，任它柔潤光亮，終將先歸塵土；而白髮推著黑髮，節奏卻那樣的悲情。從臍斷的一剎那，年輕的有了獨立生命，但另一頭卻總回首尋覓著絲絲縷縷相連的血脈。

急救了三小時仍淚水夾著嘶喊，父母不忍放的手，緊握著曾是身體的部分。當年輕的生命即將逝去，浮沉中抓拉著依然是那雙生育的歲月的粗手，當冰冷的手指滑脫滲著淚水的掌心，我不忍卒睹，卻不能不宣布他們的分離。

當年輕的生命體認曾經那樣的親密、那樣無條件的被愛，生時當更乖巧柔順，心想身體髮膚受之於人的恩情。

當年輕的生命領悟擁有的是那樣的珍貴，生時當更負責努力，心想知恩圖報黑羊跪乳的圖像。

年輕的生命，依然不能免於老病死的輪迴，唯有親人間的心手相連，才是生命的真諦和意義。

克什米爾在哭泣

我的病人，一位和兒子同齡的少女，任職於國家地理雜誌。靈動的大眼，纖細的五官，優雅飄逸。蔥玉般白皙的手指，應是琴鍵上跳動的魔棒，卻不正常的腫脹扭曲著。

長年的信任，她帶來一位靦腆的印度外型男孩到診間，說是克什米爾籍男朋友；沒多問，為她高興。不旋踵，跳躍著進來，說結婚了；沒多問，為她慶幸。克什米爾與臺北邂逅的故事本就傳奇浪漫。一位牧羊人和一位藝術家的結合，更是草原天空悱惻的纏綿。

突然一天，哭腫了雙眼來，我不得不問。哭泣著訴說，克什米爾地區連日豪雨，造成六十年來最嚴重水患，惡水在印度控制區奪走了近兩百條人命，估計仍有四十萬人受困等待救援。這則在臺北不起眼的新聞，卻是遠方的家破人亡和流離失所。不幸卻也在臺北拆散了這對異國伴侶，泡製了同樣的結局。

家族與愛情的衝突，克什米爾和臺北的抉擇，要牧羊人忘記草原和受難家人，或要藝術家洗淨鉛華投身惡水，兩難無解的習題，愛情也無法超越。

惡水嗚咽、淚水滿溢，是無奈的天意。堅強的孩子，請將曾經的美好存留記憶，勇敢面對前方的路，去追尋另一個等待和幸福。

芍藥花香

芍藥花有一個頗為悲傷的別名：將離。在親人或戀人遠行時，可表達依依惜別之情；屬毛茛科，多年生宿根草本，花大而軟，有色、香、韻之美，花瓣有白、粉、紅或紫色，花期四至五月。芍藥原產大陸北部，性耐寒冷，已有三千多年的栽培歷史，是公認的花中之相，與花中之王牡丹齊名。在臺灣我從未看過，直到那一天。

雪萊（Percy Bysshe Shelley, 1792-1822）是英國浪漫詩人和偉大的思想家，齊邦媛老師在中秋節送給我一本《雪萊詩集》，內頁親筆寫著：

這本書帶著我對芍藥花美好的回憶。

With fond memories of the peony flowers that came with my book.

美麗的英詩，尤其翻閱中流出的濃甜花香，非常強烈的刺激嗅覺，卻又那樣舒適鬆甜，我猜是芍藥花香，也串起我豐滿的回憶。

認識齊老師，是在一個下午看了她的關節。有榮幸為她診治，是因為她的妹妹齊女士也有相同的困擾，不過是一些小毛病，卻讓我有幸親炙兩位時代女性。

第一次為齊女士診治關節，是剛回國的年輕主治醫師，說病也談不上什麼大病，藥到病留，看久了，病習慣了，人也成了朋友。可能有二十年了，一直沒斷了連絡。她是金融票券經理人，短髮，自己開一輛小車，非常瀟灑帥氣，走遍大江南北，經常帶些世界各地的照片在門診討論。但最難以想像的是她學生時代居然和我們既敬且懼的老院長們——當年的年輕軍校生——經常在澄澈的碧潭游泳。輩分一亮，看病也就只得格外輕聲細語，倒也似乎得了個好名聲和好友誼。

一個下午，齊女士推著坐著輪椅的齊邦媛老師步入門診，診視後察覺關節有積水，雖然知道是享譽中外的英美文學大師，但好在關節結構仍與常人無異。顯露了好功夫，一針抽出令她懾服的黃水，藥到病除，也就扯上了一些關係，留下了一些情分。

《巨流河》一書的出版，加深了我對兩位齊女士的認識，果然名門之後，難怪氣宇非凡。數十萬文字一氣呵成，本身即如同巨流，沛然而下，卻涓滴不漏，直入大海；齊老師彷彿一位雄立山巔的大將軍，千軍萬馬，指揮若定，摧枯拉朽，直搗黃龍；又彷彿指揮家，音符流洩，蕩氣迴腸。

全書寫得含蓄的是兒女私情，寫得奔放的是愛國情懷。以家事為經，以國事為緯，如椽巨筆，邃密卻通透，濃縮了一部民國史，也為這一個巨大悲傷的時代做了見證和紀錄。

一口氣讀完，但最讓我感受深刻的是齊老師每次見到芍藥花，就彷彿聽到母親哀傷壓抑的哭聲。且在她日後一生中，代表許多蔓延的、永不凋謝的，美與悲傷的意象。

年前齊老師不慎跌倒骨折，託我請教她信任的林醫師，再一起邀約相聚。我福至心靈嘗試著找了熟識的花店，送了臺灣很難買到，據說是進口的芍藥花。她看到後非常驚訝喜悅，又似乎百感交集、不忍釋手。後來知道齊老師甚至把枯萎的花放入冰箱保存。那是她在臺灣第一次再見芍藥花，也是我生平第一次。

為了讓學校師生親炙這位文學大師，我邀齊老師到月會演講。她猶豫再三，卻仍排除萬難，給了個戲謔的題目：「當秀才遇見兵——談詮釋」。當然不能對號入座，所以全場幾乎都聚精會神的充秀才，倒也受益良多，掌聲雷動。再以芍藥花相贈。我相信世界上至真至美的就是母愛，也願齊老師感覺溫暖與力量。

《雪萊詩集》飄放的花香，仍然濃甜不散，原來是老師友人送了她一瓶芍藥花香水，她沾了些在詩集中與我分享。花是人間精靈，花雖不語，我心已醉。那是一種至高的了解、默契、稱許和認同。

兩位齊女士，人間豪傑，亦師亦友，為榮為幸。

俠隱之慟

十一歲罹病五十年的折磨，在早期醫療缺乏的環境下，造成關節不可逆的破壞和變形，以輪椅代步，無法自行料理起居，是怎樣黑暗的人生？要怎樣的光明才能點亮？

妳卻活得愜意、活得堅強、活得悠然自得、從容自信。很少抱怨疼痛，總似期盼著蒙主寵召，也多次談到捐出大體，供探尋類風濕性關節炎的奧祕。在完全接受了困苦的處境，坦然迎接死亡，把生前死後的點點滴滴皆給了大眾。

我總回應生時讓我觀察遠比死後看標本好！調侃、玩笑，多少的機鋒相對，使我們有了堅定的友誼和超凡的互信。

一直呵護穩定的病情，卻因印傭的失控攪亂，急轉而下的狀況令人扼腕。也許該更堅持什麼，該更多做些什麼，也許卻留下更多苦痛。

如嬰兒般細嫩的肌膚，千瘡百孔的尋找血路，不忍卻無奈。妳說山上冷，行動不便，不想下山。我則讓妳堅強的母親帶話，再不下來就生氣了。妳掛了週二的診，卻未料提早相見，又提早分手！

每本新書，妳都讓我先睹為快，但妳我相知，妳的所有活動卻不見我的蹤影。每次相見，妳都會解釋媒體訪問的無奈，而突然撒手，卻一次給了我全部的重。

妳大姊說妳從小古靈精怪，調皮搗蛋，做錯事總別人受過，臨行前還丟給我無解的難題，紅塵回眸卻是這樣的難堪無奈。

很想喚醒妳理論一番，卻握著是冰冷攣縮的手。望著妳的面容，訝異它那樣的祥和，雙眼神采依舊。三小時的急救，彷彿並未留下折騰的痕跡。我輕拍著妳，希望妳如願天國。

十年一夢，蘭溪的水，依舊清澈，妳的音容，卻已漸遠。我的行醫生涯中，這將是個重要的注腳，永遠的懷念，妳的力量將使我更誠摯、更謙卑、更努力。

等心的女人

心臟噗噗的跳著，是生命；不跳了，是死亡。心臟的跳與不跳，生理上切分了生死，但跳與不跳間，卻另有無盡的纏綿，有等待、有期盼、有煎熬、有愛戀、有難捨、有痴迷。

生理的跳可能心死，跳也迷茫；生理的停卻未必脫離，停而待啟。跳與停，原來還有這般無奈，全天下最恨，愛著的人心死，活著的人心碎！

那女人，甜美動人，笑靨如花。

心跳著，一舞傾城，卻是捧心的女人，一顆殘心舞動人生；

心停了，紅塵未了，伴著傷心的男人，一顆碎心傾訴痴情。

野獸哭泣著呢喃，願換美女重生。什麼樣的深情願以命換命，停心換心，那是渺小的蒼生一願，卻也是深濃的萬世情緣。

願天下有情人心心相印、心心相惜、心心相跳、心心能換！祈禱一顆跳著的心，來自脫離的人，重啟停掉的心，縫補碎去的心！讓等心的女人，續飛舞人生！痴心的男人，續未盡情緣！

點亮內心燭火

颱風天，北北基列入警戒，外面風雨、內心寧靜，留守在我心愛的醫院，溫暖踏實。

下午剛過五點半，祕書轉入一個拒收不成的水果派，據稱係一位女性員工堅持送來，夾了張卡片。打開，不禁濕紅了眼，一股暖流升起，感動莫名。

這麼多年，乘風破浪、無堅不摧，看似鐵石，卻情深感性。歲月無情的走，黑髮忘情的白；近來，更常在月夜裡，如喪失動力的舟，想漂泊，就這樣繫個纜、打個轉，歇一下；卻總是狂風驟雨、激流漩渦，逼得你奮力的划，划過惡水、也划過了青春。

今夜，室外依舊漆黑，一人獨坐，享受有點冷的孤寂。卻是這張卡片，一個意外，給了我濃密的溫暖，再燃我內心的燭火。

這位有情人，給了我堅持的勇氣和力量，我仍將策馬疾行，奮不顧身的奉獻。明天雨過天青，相信一切都會更美好。

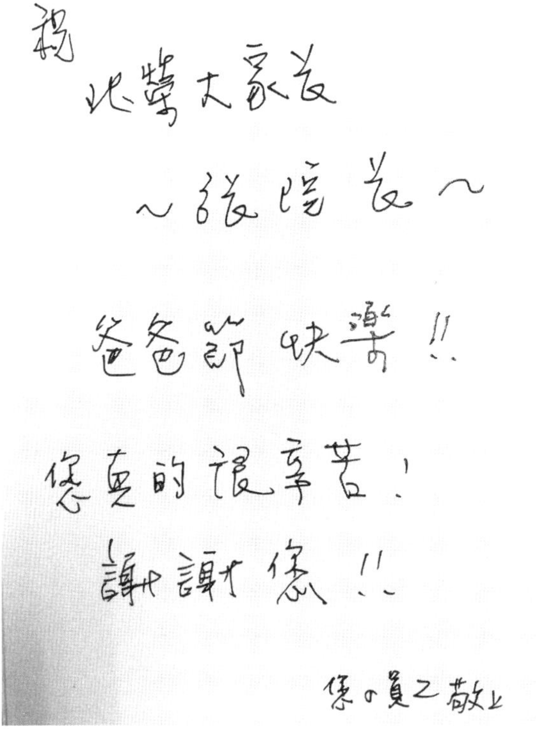
祝
北醫大家長
~張院長~
爸爸節快樂!!
您真的很辛苦!
謝謝您!!
係○員工敬上

誰能引領我們走出黑暗幽谷（寫在SARS蔓延時）

生長在這塊土地上的臺灣人，再沒有此刻這般惶恐。上一輩的戰亂，只是教科書上背誦的文字，偶爾看到一些疤痕刺青，也都只是他人片段的回憶和故事。哈美哈日是當下年輕人爭逐醉心的，電視上「啥物攏毋驚」的廣告，彷彿真賜給我們唯我獨尊的力量。

SARS，嚴重急性呼吸道症候群，一個突起的冠狀病毒感染，一朵帶刺玫瑰，攪亂一湖春水。

正當我們為三零（零死亡、零輸出、零社區感染）陶醉時，我們卻看到愈來愈沉重黑暗的烏雲，由四面八方籠罩。兩個多月來，已奪走四十條人命，且未見戢止。人們爭相問什麼時候過去，從來沒有像此刻醫生病人沒有人知道答案，也相互戒備著，相互傷亡著。

當與死神僅隔著一層薄薄的N95，甚或外科口罩，醫護誓詞似乎剎那間遙遠；或當他們舉著右手唸誦誓詞衝入的剎那，卻迴盪起更多對父母、妻兒的誓言。電視上肝腸寸斷的分離，年輕的生命、燦爛的未來，怎會被一口噴出的口水擊倒；只是執行一項例行的任務，卻付出了生命的代價。迷濛中看見的，已不是專業，而是犧牲；不是史懷哲、南丁格爾的殿堂，而是八百壯士的忠烈祠。

一位醫護人員的養成要經過多少磨練；面對嶄新的疾病，每個人淌著汗水，踏著血跡在學習，誰有資格或用什麼經驗、什麼數據、什麼理論去批評別人對錯；政客的口水穿透覆蓋的口罩，卻只帶來更多的災難。

當看到一個個信賴仰慕的人在媒體上張皇失措、動輒得咎的掛冠歸甲；當看到一家家信賴仰慕的醫院紛紛提前謝幕、高掛免戰的蜷伏療傷，誰能引領我們走出這一片黑暗幽谷。

專業領導可能並不是最重要的，因為沒有人夠專業，有的應該是大格局的思考和堅決的執行力。非常時期，要有獨裁者的專橫和魄力，認清方向，毫不猶疑。

首先是疾病的管制。在沒有特效藥、疫苗的情況下，就必須圍堵，必須堅壁清野。從國家，從城市，乃至醫院、家庭、個人，哪裡是清潔的，哪裡是汙染的，全是相對的關係；但務必劃分清楚，區塊清明，攻防才能得心應手。冠狀病毒屬RNA病毒，可慮的是變異性大，病徵不一；可喜的是屬包膜病毒，必須保濕才能存活，一滴血，一口痰就是其傳播的通路。但在體外，病毒只有數日存活的能力，只有靠飛沫或排泄物傳染。要用人類的智慧切斷病毒的進行路線，再消毒汙染區，圍堵並使其就地正法。

其次是物資的供應。口罩、防護衣這些物資，要像戰爭時徵用油料火炮般的認真，沒有一個浪費，沒有一點疏漏，由生產、通路到販售，全程監控，全國集中供應，甚至免費供應，讓戰場上的士兵毫無牽掛，相信自己是打不死的，才能放手一搏。

再來是傳媒的掌控，報紙電視上仍然充斥著醫療八卦，聳動的新聞，彷佛描繪末日前景。我們希望見到的是值得信賴的人，告訴我們官方的數據和訊息，今日該怎麼做，如何配合。並不一定要西裝革履的唸著呆板的數字，反而是社會上的意見領袖或醫界前輩可能更具說服力。

給了醫護人員武器，再沒有什麼顧慮，再沒有什麼藉口，只有執行天職，發揮專業精神，勇往直前。就像戰場上，將士必須用命，面對疫癘，醫護也必須無我。

書生之見，紙上談兵，但唯有真正掌握權力者，跳上制高點，高瞻遠矚才能給人民走出這一片黑暗幽谷的力量和信心。

對臺灣，這或許是短空長多的局面。人們開始洗手、少應酬、多運動、電梯裡不咳嗽、走路不吐痰；醫界開始攜手，臺大和三總，兩個國內醫學重鎮，可以毫無芥蒂互轉病患，而六大醫學中心各門派，也齊聚松醫輪番上陣。

長遠看，這或許是國家的福氣。當世界衛生組織仍禁止我們發聲，拒絕讓我們入會，只有全民一心。當全民一心時，怎會有攀不過的山巒，走不出的幽谷。

輯二

親愛的家人

不管再精采的人生，都需要能夠一起分享的人。

——印第安那·瓊斯

心頭肉

隨著七月二十六日將屆，心情一直忐忑不安，愴然失落不斷襲上心頭，日復一日的嚴重。

育三子，老大繼承衣缽，暫留身邊，早出晚歸，忙得如一尾窘龍，像極當年的自己。二、三兩子差五歲竟同時出國，一個家彷彿就這樣崩離了，就算練就一身箍桶神功，也絲毫使不上力。

人生的路，奇幻迷離，匆匆歲月，不堪回首。一出生，家裡是四個人，然後是五個人，接著我認識了一個人，跳出來，和原來的那四個人說謝謝常連絡，我愛你們；再由兩個人，到三個人，到四個人，到五個人，以為就這樣天長地久，也一直緊密結合，形影不離。卻突然少了兩個人，他們又分別認識了一個人，揮揮手，謝謝再連絡，我愛你們。

明明是輪迴，怎麼心情卻由喜悅到酸楚。這樣的路是幸福還是殘酷，是歡喜還是悲傷。悲欣交集、五味雜陳，不清不楚的不是滋味，卻無力回天。

三個兒子都是琦的心頭肉，又何嘗不是我的。只是琦是摟抱著，我是凝望著，摟抱凝望都親情深重，懷裡眼裡都不忍釋手。情緒低落沉重，終究分離了，我竟茫然失據。

我一直是剛毅堅強卻戀家黏人的爸爸，表現像硬漢，卻無時無刻把他們叼含著。帶著全家遊遍大江南北，吃遍山珍海味。有時像雄獅一樣剽悍，南征北討毫不膽怯，有時又像小貓一樣柔弱，磨蹭討抱痴情揪心。二三十年過去，恍如昨日，今天，我卻完全的不知所措。

親愛的兒子們，人生常非順遂，遇到困難時，要沉靜下來，一開始，一定會有許多挫折，講不清理還亂，過去跟爸媽發發脾氣或嘔嘔氣，也許就解決了，現在只能自己面對。但無論怎麼做，要堅信人生都有出路。困苦時，要蹲下身子，養精蓄銳，勿喪了志氣，徐謀再起；惶惑時，要淨了心神，回到初衷，勿亂了方寸，冷靜應對。

也許想想爸會怎麼做，媽會怎麼做，思慮清楚調整好，就勇往直前。要堅強、要勇敢，無畏無懼、無怨無悔。人生路很長，勿拘泥一事，局促不前，要高裡看、遠裡看、跳出來看、甩開來看，御繁為簡，專注速決。

爸不能一直牽著你們，但會一如既往的深情凝望。路途縱然遙遠，但請相信，爸會望穿秋水的跟隨，爸媽其實一直都在身邊。

爸爸充滿了不捨，無法置信你們的離去，在爸爸眼裡，即使你們已經這麼優秀，卻似永遠的羽翼未豐；但爸爸也明瞭，你們終將獨自探索世界，因為那裡有你們無垠的天空，有你們美麗的人生。

請記得正直、勇敢、誠信、快樂，帶著爸媽全心的祝福和永遠的思念，健康悠然的翱翔天地。

思念

送兒子們進登機門，笑容剎那苦僵，眼淚就是不聽使喚，哽咽致無法言語，只能咧嘴吸氣。和大容、大方分別摟抱良久，相互拍背，拍了兩下拍不動，反而他們在拍我。琦也過來拍，知道失態了，才用力的急踩煞車。這位西裝筆挺的先生，你是怎麼了！

琦親送他們去，安頓好才回來，對我放牛吃草。雖毫不反抗，但是也掂出了自己的分量。不過確實略感放心，一直目送飛機滑行，才傷心的離去。這是個轉捩點，從此他們將不再是房客，而是過客，這是最椎心且無可逆轉的地方。

人生許多無奈，也有諸多巧合。就像給兒私信，冷靜外要多些賭性，因許多事天注定，感覺對了，就奮不顧身，無須瞻前顧後。

分離是無奈，送行是巧合。並非預劃，但兩子一同出國，在美學校相距又只三小時車程，琦早排定七月二十六日出發。我則本應二十五日前往越南，因外貿協會在越南辦「臺灣日」，於七月二十六日開幕，也因為「一國一中心」計畫，北榮負責越南，所以理當現身，以表重視。覺得無論如何要送兒子，在所不惜，堅持晚一天去。因此才能下午送行兒子，晚上自己飛。

十二點四十五分由家裡一起出發，送他們登機，到自己十九點五分登機，都耗在機場了。在貴賓室僅喝了杯可樂，硬是心情沉重。但若不是剛巧公務在身，湊得同日出發，自己個性，說不定又吝於請假，而放棄送機，也或將終身遺憾！幸好老天作美，終讓我一償心願。

容二十八歲，方二十三歲，這麼長的歲月，到此時才後悔為何不再多花些時間相處、多花些時間聊天、多告訴他們一些自己的經驗、多幫他們解決內心的困擾、多些擁抱、多些交心……，雖然也許那永遠不足不夠。

年輕時放假就帶著他們跑，到處遊耍，但近十年公務纏身，或許是責任心，或許是使命感，或許根本腦殘，每天早出晚歸，夙夜匪懈。兒子們也課業繁重，埋頭書卷，自然交集的時間變少。雖知道已盡力做個衣食無虞的父親，給他們榮耀和照顧，但直到此刻，才驚覺自己依然缺憾！

親愛的兒子們，爸爸是多麼多麼的疼愛你們，多麼多麼的思念你們，多麼多麼的懷念過往，多麼多麼的逃避今後。但時光不再，叫我何時才能再擁抱你們、親吻你們，能再和你們促膝長談、把臂言歡，一起郊遊、一起打球，甚至只是一起吃個飯。

親愛的兒子們，爸爸還是要說，爸媽將永遠是你們最堅強的依靠，最忠誠的朋友，和最思念且毫無保留支持你們的人，要想念爸媽！

溫暖的雪糕

當天十七點十五分由越南返臺落地，立刻打電話給留臺的長子報平安，以為迎接的必是震耳欲聾的歡呼，居然是平靜的語音信箱，悵然若失！機上想好的見面大擁抱，硬是鏡花水月全然無用武之地。

晚餐一個人，懶得再出門，想了半天，找了半天，決定廚房角落矮櫃裡平常無人眷顧的馬祖麵線。躲得了一時，躲不了一世，十分鐘吃光，清潔溜溜，勉強果腹，不知道它成全了我的飢餓是高興還是不高興。

晚上十點半左右，大為趕回，敲敲房門進來，帶了根曠世奇派雪糕，應算是金馬安慰獎，爸爸就這樣被輕鬆打發，口冷心暖。當然知道他一定另有要公，或有不得不的苦衷，知足常樂。尤其想到或許是奉女友之命，更是毫無怨言，還一陣欣喜若狂的偷笑不已。

難得小聊了半小時，告訴他出國見聞、做人道理、處世原則，再牽拖到對他們的期許，但結論一定是無論如何，只有支持，絕不涉入。心知肚明，也唯如此，才能後會有期。知道這裡藏有陪伴爸爸的孝心，仍感欣慰。看他也疲累了，勸他回房。自己磨蹭一陣，既無懸念，也就一夜安枕。

早上一睜眼，依標準程序限時著裝，上班仍然準時且精神抖擻、思慮清晰，唯一不確定的是，襪子的顏色可能略有不同。明明是週日，卻完全沒了計畫，仍是往辦公室移動最為安心。無論如何要比一人在家不知所措來得好。

父親節過得空虛，唯三子都略有獎勵，聊堪告慰。天涯海角，爸仍將發揮箍桶功力，常和你們黏在一起。

等下也會去看我爸！

等車

在高鐵站等南下列車，熙來攘往的人群行色匆匆，思念此時在巴黎車站的為兒，也正在等待往南特的子彈列車。

人總在等待明天，趕下一站，明天我要參加學生的入伍開訓，為兒則要到法國遊學。緊密的一家人，也是分分合合，餐廳裡的一盞燈，燈下總是不同的排列組合，很少一盞燈照著全家的身影。聚到了，有時也有不同的情緒，不同的悲歡愁喜。

二十年前隻身赴美，為兒才四個月大，一年後再見，波士頓機場外，琦推著嬰兒車緩緩而出，車上飄著我愛爸爸的氣球，一臉稚氣，充滿好奇，那時的他並不真認識爸爸是誰。

那年感恩節前，下了初雪又急又大，做了紙箱和琦拖著為兒在家對面小公園划雪橇。他咯咯大笑，雪濕的鞋冷紅的雙頰，一句爸爸抱就不冷，讓我更摟緊了他。

孩子大了，二十歲的他，已和我一般高，二十年如風般流逝，愛德幼稚園、古亭國小、復興國中、建國中學，如今那雙明亮的大眼，架上了眼鏡，也進了醫學院，就像山巔上的老鷹羽翼下的小鷹，想放在懷中呵護，又得培養他覓食的本能，放他飛。

昨日機場送行，看他吃完麵瀟灑的揮手，好想摟著他拍拍，爸媽的愛二十年來絲毫未減，只有更濃郁。回家路上，真遺憾這少了擁抱的道別。

知道你安全到了巴黎，正在等火車，爸爸也在等車。人生本就是充滿了奇幻的旅程，願我們相互倚賴，願我們一路平安。

如果媽媽不認得我了

打不到十個字，淚已盈眶，鼻頭喉頭一陣濕熱，字字千鈞，回憶如浪潮般一波波湧現。媽媽怎麼會不認得我？媽媽怎麼會不記得我？但如果有一天，她真的不記得不認得我了呢？

從小在她充滿愛的懷抱中長大，見面時她就笑笑的盯著我看，看了千百遍也不厭倦；不見面時我知道她也仍盯著我看，我一直在媽媽有形無形的凝視下長大，無畏無懼，因為我知道她一直以巨大的母愛監督著我、保護著我，她一直在看著我。

小時候腸胃不好，媽媽總背著我要不就抱著，我就環著媽媽的前後背長大。她總教我敦品勵學、忠厚善良，做一個有用有為的人。專業上她無法教我，但她就這樣堅定慈愛的看著我，讓我不偏不倚、毫無懈怠。

晚年媽媽眼睛不好，左眼因感染近乎失明，但她總能抓住所有和我有關的新聞，反覆小時候一再叮囑的東西：要誠實、要勇敢、要正直、要努力。我仍然仔細的聽著，不再聽句意，而是聽那溫暖熟悉的聲音。就是那聲音、那眼神，在現實中、在記憶裡，陪著我成長，無憂無懼。

每週再忙，我一定會利用假日和琦抽空去陪陪爸媽。

近日以來，媽媽仍一如往常，顫巍巍的由臥房走出，和藹慈祥的笑著低聲說，「你們回來啦！這麼早就來啦！」我就會回，「媽，不早了，快十點了。」媽媽就會說，「噢！」

過一會兒，可能才五分鐘，媽媽又瞇看著我，「你們回來啦！這麼早就來啦！」我就會再回，「媽，不早了，快十點了！」媽媽就會再說，「噢！」

反覆好多次以後，我會忍不住說：「媽，妳已經問三遍了。」媽媽就像做錯事的小孩，不好意思的說，「唉呀！老了，記不住了、糊塗了。」但不過十來分鐘，媽媽就又慈愛的看著我，「你們回來啦！這麼早就來啦！」我擔心著媽媽，卻無能為力。

啊！我親愛的媽媽，您不能不記得我，不能不認得我呀！

若有一天您真的忘了我，不再絮絮叨叨，我會非常非常的悲傷；但就算真有那一天，您真的不記得不認得我了，也請您要相信，我是那樣的愛您，會永遠記得您，和您浩瀚的恩情，也會清楚的知道，不論何方，您仍然一直一直的在看著我。

兒子的啦啦隊

夜診，百餘位老友聚會的場合，總糾結眼耳口鼻心的奮力一搏，攪成一團後再舒展的疲累，常像被鬣狗掏肛的獸，空虛無助。

然而因為那遙遠的呼喚，下診後毫無懸念的立即驅車機場。琦猶擔心體力，但哪有可能阻擋我接兒子回家的盼。

他長得高，輕輕摟著我拍拍，正如離開時相擁的拍拍。矜持應該是為父我該做的，卻怨年輕人為何都這般冷靜，忍住淚水應該做得到吧！不然就遜到一敗塗地。

因為要調整矯正牙齒的鋼絲才利用長假回來。這才知道爸爸學醫沒白搭，綁住了牙，管他綁不綁得住心，至少綁住了腿。看到就放心了，知道一切都沒改變。

琦是最高興的，好像兒子哪也沒去過、沒吃過，帶著亂跑猛吃，不旋踵，兩人都充了氣的福態，那新生的脂肪裡一定油滋滋的藏滿了愛！

兒子有電機人的冷靜，情感較不外露，問他偶像，是黑黑的湖人隊LeBron，即使老爸一再誘導把範圍縮小到家人，可能還是媽媽，爭也沒用，就安分的做啦啦隊。

別以為我真的沒地位。另一晚空著肚子回家，想揪團外食，未料人家早已在外飽餐。但兒子二話不說，披了外套就陪我出門，走了很遠的路，各點一份紅油抄手，看他根本吃不下的陪塞，自己則胃口大開。

並肩走路就是一種幸福，想他小時候，每天早上牽著小手上學，也就彈指之間，現在居然在旁不斷說「爸小心」，真是窩心的甜，跺腳的氣；甜距離斷不開親情，氣歲月扭轉了乾坤。不知道巷弄中還有這般美味，只是顯然多放了辣油，硬是熱烘的暖心燻眼！

待了一週，離開時爸爸下午診，連討拍的機會都沒有。在機場傳回簡訊，要進登機門了，爸爸再見。噢兒子，這一刻爸是安心得多了，知道天涯若比鄰，我們始終沒分開過！

等一個人理髮

這是一家有咖啡喝的美髮院，琦出國了，理髮的時間到了，自己走進去，尷尬！

一生理髮，單次消費沒超過兩百；便宜頭隨便理，出來卻總一陣嘟囔。小時候，坐在橫架於座椅上的木板上理，耳邊灌飽了高亢低俗抖長尾音的歌曲，由收音機傾洩而出；洗頭水混雜泡沫再灌進去，一飽耳福的迄今難忘。

小學、中學，好像也都沒超過五分短。入國醫，更是模範生，耳上一公分，後推三指幅，清爽宜人。這麼多年來，也習慣了，一長就渾身不自在，好像衣不蔽體，總準時進理髮廳報到，甚至藉故提早，數十年如一日。

退伍了，仍回原單位理，坐上去不必多說，二十分鐘煥然一新，兩百還找錢。但時間配合確實困難，乃另覓良枝。新單位以提供八卦吸引我去，總人生地不熟的躊躇。琦知我猶豫，說就享受一下吧，也就跟著她去了這間有咖啡喝的店。

除結婚那天，這麼多年是第一次後仰洗頭，擔心頸椎，且腹部朝天，神經緊繃。一位年輕女孩用手洗，想若是我女兒……，想別傷了關節、傷了要相親的手……，就要求不洗了，只沖水，還多付五十元。

今天我一個人進去，仰躺著沖水，女孩飄過來低頭說「你太太沒來？」「妳記性真好」。這才發現仰著洗的好處，說話毫不受限；「我只記得一些特別客人」、「你第一次來就是我幫你洗的」。

女孩聲音有些羞澀；我說「妳在念書？」「是。」她輕聲的回；「你們夫妻感情真好」，甜甜的聲音有點羡慕；我說「妳怎麼知道？」女孩問「水溫好嗎？」哈！劇情緊張時突然插播廣告。再含混一句「妳怎麼知道？」她幽幽的說「每次她總靜靜坐在一旁看你。」啊！兩個可愛女孩。

不洗頭，七百五十元撐三週，過去一百八十元兩週，已多撐了一週，一個月還多花六百四十元。

數學有些複雜，但確實是個人史上最昂貴的理髮。唯心裡是溫暖的，也祝福那一直對我淺笑的女孩，有個幸福美滿的好歸宿。

陽光的一天

午後悶熱，小憩後，次子大容約了打網球。老爸當得不錯，兒子們千方百計逼著我運動，像是籠養雞被逼著出去放風，也不知道練好肌肉刮了油要幹嘛！

從善如流翻箱倒櫃的找出運動衣，換上短褲T恤，低頭看著可以打美白廣告的腿，為了稍後的炙烤而心情亢奮。

重回學校操場，景物依舊草木扶疏。當年為了職務勤練體測，也就是幾年前吧，每天早上七點到校練跑，一個人孤獨的繞了一圈又一圈，順利通過三千公尺跑步、仰臥起坐、伏地挺身等考驗。換了單位，距離運動場遠了，心境也轉換了，就很現實的、自然的慢慢停了下來。但知道不能不動，靠健走每日平均七、八千步，倒也一直維持著不錯的體能。

學校高地上三個網球場都被占滿，心情有一些堵爛，只有先對著牆打。大學時練過的身手仍在，倒也煞有其事。操場上有人敬禮，有人跑來寒暄，原先占了球場的兩位女同學還特別跑出來說「局長您要進來打嗎？」怕壞了別人興致，也怕她們言不由衷，連忙很老師風範的搖手說「技術不好在外面就可以了」，偏偏對方也很學生禮儀的不再堅持，只有無奈的不斷對著牆強力揮拍，帶著尾勁。

好久沒有流熱汗的感覺，額頭上有一片濕稠，臉頰兩鬢沿著脖子黏黏的，心跳加速有點喘，腹肌掙扎著有些許抽緊。仔細內觀身體的差異，重溫幾乎遺忘的感覺，其實最重要是心頭暖暖的！折騰了一小時，幾條用力的肌肉開始有些痠痛緊繃，趕緊見好就收，畢竟好多年沒做球類運動了，也不想被操得太凶。

猶記小學三年級時，一個人午休時在罰球線練投籃。彈無虛發沾沾自喜之際，抬眼看見來盯場查課的媽媽，自此整個洩了氣的棄球從文，也斷了「張來瘋」的可能；大學住校，少了一雙隨侍的眼睛，因年輕好強不怕摔，硬是左騰右撲的不讓球入網，成了校隊足球守門，但畢竟人要多場要大，運動很難長久。偶爾也和同學打網球，但除了球拍唬人，根本不成氣候。

當年和兒子們玩籃球，也就是十年前吧，遠射跑籃全有模有樣，讓他們尊敬的不得了。直到後來再也搶不到籃板，也有了被蓋火鍋經驗，為了維持偶像身分，只有以公忙急流勇退。

近期他們迷上了網球，不免再紙上談兵的教練一番，也許因為太煞有其事了，他們早就躍躍欲試的想一探虛實。幸好假期裡常不是下雨就是豔陽的賴皮了許久，今天風和日麗加上精力充沛，也就乾脆豁出去了。

倒是幾條肌肉意外被翻牌子叫醒，還帶著老大不情願不自在，好像鬧彆扭似的一下忸怩一下暴衝。但總算露了一手，反正跟牆作對，也沒輸贏，倒也不至於灰頭土臉。

暗自思量，也許真該在健走、自行車外，再找個可長可久的運動，讓自己不致遲鈍衰退。尤其在只能做甩手功前，更應逼自己多曬太陽、多運動、多流汗，這樣教病友運動時也理直氣壯些。

以後應會常來，也感恩這很陽光的一天。

不要長大

留學的小兒子上午考完期末考，下午就往家飛，趕爸爸的生日。二兒子買了繞地球的便宜機票之後也飛回來了，還拎了維他命和葉黃素，什麼意思啊？爸這麼年輕活力，是怎樣？

彷彿撿到寶，把過往常去的地方、懷念的餐廳都排隊重遊，舊地裡、味蕾間，有太多共同的美好回憶。那一刻，時光倒流，倒流到爸年輕的時候，你們小時候。

以前打籃球，仗著身材，總切入籃下硬吃幾個讀小學的兒子，或是拿著小皮球在房間裡灌籃，那時他們眼中的爸爸，一定神武非凡；現在只能仰望著，勉強在三分線外遠射試手氣，還得要看人家是否會展臂遮天。

真的不敢相信兒子們這麼大了，怎麼會長得比爸爸還高壯，當年牽著小手的溫度仍存留掌心，倏忽間雙塔已有了遮蔭效果。

仍然不動聲色的準時上下班，即使家裡有了歡聲雷動的事，世界依然毫不停滯的轉動。沒人能叫 time out，甚至沒人會丟上來一條擦汗的冰毛巾，只有世界盯著你，或根本不甩你，就看是被舉起右手叫 winner，還是垂著的頭刻著 loser。但其實上班的心情更安定，因為知道啦啦隊已全員到齊。

知道兒子們要回來，媽媽喜形於色的清房間、修冷氣，然後甜甜的抱怨家又亂了；確定你們要回去，媽媽悶悶不樂的大採購、塞行李，然後幽幽的低訴家又空了。家在亂與空之間演繹著聚合和別離。

我約在一〇一大樓餐廳為兒子餞行，不是因為節省的爸爸錢多，也不是因為餐廳好訂、好停車，而是因為它矗立在那，就是臺北甚至臺灣的標誌，看到它就會想到這次的相聚和團圓；你們看到它，就可能也會想起爸爸和媽媽遙遠的思念和祝福。

天氣好，我們在樓頂眺望到林口臺地，我的眼睛貪婪的想看得更遠，越過山、越過洋，如果可能，我會和你們媽媽每週來這裡喝咖啡。

看著兒子們的背影，迎向陽光，遠眺窗外，知道他們有無限的憧憬，爸爸也有說不出的安慰，在無垠的天地裡將有你們的足跡，勇敢的踏出去，帶著爸媽無比的愛。

準備登機了，兒子傳來簡訊。爸爸在辦公室又不禁潸然。

親愛的兒子，為什麼你們要長大！

離巢

兒子結婚，籌備良久，一直紛擾又興奮著。最難是賓客名單，疫情嚴峻，冠狀病毒侵蝕著冠蓋雲集，最後就乾脆少數至親隆重低調著辦了，人寥情深。

婚禮後欣慰又疲憊的回家，了卻一樁心事，心頭一鬆；但開了門，才突然認知到，兒子離家了，他有了新家，再也不會回來睡了，又心頭一緊。

那房間、那張床，景物依舊；那床單、那枕頭，放肆鋪陳，卻怎麼感覺是那樣孤單的、空幻的癱在我的凝視中。看到兒子最後一個姿勢碾壓過的皺摺，那樣委屈無助、怯懦卑下的隱藏在陰暗裡，彷彿知道主子不在要謹小慎微，而我可能再也看不到他賴在床上的樣子了。那從身上蹦出的好小一隻變好大一隻，就這樣的離開了。

那屬於年輕男孩，陽光濁混的特殊氣息將漸漸消散，消散到愈來愈清新，清新到愈來愈陌生，陌生到愈來愈惶惑，惶惑到愈來愈驚心。氣息飄散了，人也離散了。

我回憶、我用力呼吸，怎麼就像在荒原上，清新卻少了熟悉的氣息，清新卻如此遙遠陌生。然後在搖頭中點頭，在否認中承認，這次他不是要值班，他不是去旅行，他不是忘了回家，他可能真的是不會再回來睡了！

剛出生就備好了床，還可以輕輕的搖，他在床上蹭著腳討奶瓶，晶亮的眼睛對上了就咧著嘴呵呵笑；然後他會站在床上搖搖晃晃的討抱；一直有張自己的床，從弓蜷著，到開大字型，那是他的家中家，他最安逸的地方。無論趴著看書、躺著打電動、賴床叫不醒、光著上身裸睡、流了一枕頭口水，總適時換上乾淨的床單枕套，讓他們睡得香香的、暖暖的，包裹著父母無盡的愛。

他待在家裡，你會怕，編著理由趕他出去，男大當婚，老待在家裡，成何體統；他交了朋友，你慶幸，總有了眉目，免得眼皮下煩人，總等得到那天清靜；他真結婚了，上臺致詞，還郎才女貌、白頭偕老的謅著；回家了，開了門，才認知，那兒子養了這麼久，就鴨仔煮熟的飛了。

就算心還在吧，人就飛了，他再也不會回來睡了。突然心沉甸甸的，又輕飄飄的，就是沒按在原位上，就像那床單枕頭，沒了主。

親愛的兒子，你們都長大了，各奔東西，剎那間跑光。爸爸欣慰雀躍也寂寞愁悵，時光給了我快樂也帶走快樂，我蒙然的尋覓呼喚，知道你們在振翅翱翔，建立了自己的家，也正展現能力貢獻社會，那是我的期待，卻伴著輕輕的嘆息！

怎麼都好看

好久不曾有閒，夜遊臺北東區。出生的城市，近在咫尺的東區，竟然已絢麗奪目的如此陌生。今夜的我，升起一顆溫柔的心，只因天冷，想幫琦買一件紅棉襖。

夜，黑得讓光彩更耀眼。考慮停車不便，抑不住激動雀躍的情緒，嘗試乘坐公車，再轉搭捷運，玩一趟創新之旅。睜大眼，充滿好奇，是多久沒和這都市的繁華邂逅了！我甚至不知道憑一張卡，已可由家門口，直接進入百貨公司內。

車上的人，冷漠看著興奮的我，甚至他們都沒有發現我的興奮，只低頭滑著手機，顰笑沉醉在一小片連接世界的光影中；不知在閱讀、在旅遊，還是只重複玩著預防痴呆的無聊遊戲。

熙來攘往的人群，恣意展示服裝的前衛和品味；喧囂歡樂的餐廳，赤裸宣洩杯觥交錯中的人情世故；小咖啡廳裡，隔著玻璃，氤氳滿溢的Cappuccino香氣，臺北的夜，神祕善變，豐滿陶醉。這一路上的人，彷彿都有一個甜蜜的故事要分享，歡喜在我的瞳孔深處跳躍。

順利買了紅棉襖，怎麼都好看。不在人美，畢竟年華已老；不在衣紅，終就是一種顏色；在心境，就在那股暖烘烘怎麼都好看的心境。

溫度

近大年夜，氣溫驟降，其實沒有真的多冷，倒是暖冬總得應景的瑟縮一下。冬衣好像都沒拿出來過，僅一件毛背心，一件開襟毛衣，轉眼已近早春。

多麼盼望都市裡下場雪，像當年在波士頓由實驗室隔窗看天井裡的初雪，佇立良久的悸動，雪花飄呀飄的載著我對家國的思念。如今引領企盼也只是迎了短暫的幾場雨，連山巔上都眺望不到白頭。

臥室電視下的櫥櫃擺了一臺小型溫度計，脖子冷了、腿寒了，都會下意識的瞄一眼，但怎麼看都是固執的雙位數。就算氣象預報說什麼低溫特報也無感，因為早上起來都又是陽光普照。這麼久了，了解了，習慣了，也無怨了，就像街頭的紅綠燈早告訴你僅供參考。

除了氣溫，近年又多了體感溫度。因為身體對溫度的感覺可以受到溫度、濕度及風速的影響，所以在多雨的臺北小城，體感溫度常低於氣溫，而實際上溫度又何嘗不受到心理影響。心暖了，可以牽著小手在雪地裡漫遊，哪在乎風霜雨雪。

假日清晨，習慣在路口新開的小咖啡館吃早餐，紅磚牆和木質內裝的設計，就是溫暖小天地。手上一杯冒煙的焦糖拿鐵，香醇溫熱直入心扉。坐在木格窗邊看街景百態，生命和時光串流，是非常愜意的享受。

假日也喜歡逛傳統市場或廟口市集，鑽入人潮雜沓中聚溫集氣。粗獷的吆喝叫賣、俐落的剖魚殺雞；小攤上的俗擱大碗、廟宇裡的香煙裊裊、蒸籠裡的熱氣奔騰，都讓人霎時溫熱。轉角火鍋店的老闆娘，穿著紫紅短袖線衫，朱豔口紅，揮汗露著歡顏，像冬天裡的一把火，抬頭微笑打個招呼，一切盡在不言中。

這裡才是人間，是有情有義、有愛有溫度的人間。在巷弄裡，可以暫時拋開那些掛心的煩擾，讓髒亂汙垢洗滌我的一塵不染，讓自己更柔軟、更謙卑、更寬厚、更豐富，更像個有溫度熱血的人，噢！是年輕人。

有空，也喜歡和妻散步，那是我最自在放空的時刻，總是把白天煩心的事倒帶傾吐、大肆抨擊。她常都是耐心的聽，不作聲的聽，只關心順便丟個垃圾、拿回送洗的衣物，像石頭丟到河裡沒迴響，有時令人惱怒；但有時節拍也會亂，會突然跟著數落，甚至講得超過，我反而心平氣散，連番解釋安撫，根本不記得剛才說了什麼。

她其實了解我在釋放壓力，講的多是沒意義的話，靜靜的陪著我，適時的疏導，一會兒也就舒坦安靜了。別以為她虛應故事，多年後每一典故轉折也只有她記得住，我則早已忘到九霄雲外，反驚訝她怎麼彷彿在現場的清朗。

這麼多年了，這種溫度讓我心暖，我體認到那種柔弱中的剛強，局外中的清朗。

希望這一篇短文能暖和您的心，讓您重溫難得的幸福，珍惜擁有的一切。

懺情錄

聽說情人節已經過了，在匆忙間，在懵懂間。昨天門診很多人殷殷提醒，依然激不起波瀾，倒不是無情，也不是心老，只是遙遠無感！

為什麼是二月十四日，相傳是因為在古羅馬時代，羅馬人認為「牧神」可以幫他們驅除在郊區活動的野狼，選在二月十五日舉行慶典，並在前一日晚上，二月十四日，將羅馬女孩的名字寫在紙籤上放入盒內，由羅馬男子抽出為其愛人。多年後雖不再舉行牧神慶典，卻仍以紀念代表愛情的聖人——范倫坦斯被處以死刑的二月十四日，為現在的西洋情人節。

而日本的民間傳說，二月十四日原是女孩對男孩訴諸情意的日子，發展到最後，已經不分彼此。如果一方在二月十四日收到異性送的情人禮表達愛意，而對方也同樣有好感時，就會在三月十四日白色情人節回禮，表示彼此的心心相印。

怎麼聽起來都像是促銷活動，一個月燒金兩次，在我的行程裡從無標注。別說我粗心不浪漫，因為一曝十寒，今晨的玫瑰，可能在明日成為散落一地的刺棘；今夜的巧克力，可能在未來成為黏搭不掉的斑汙。又何必看月曆耍浪漫。

因為我深信，小心呵護不慍不火的深情，才是綻放一生的玫瑰，不需成束送出，他們早在生活中芬芳。我深信，慢工調製不張不顯的蜜意，才是甜美一世的巧克力，不需包裹分裝，他們早在生命中濃稠。

不解為何只挑一天浪漫，只選一天深情，每一天該都是情人節，別責怪我忘了這天，因為我已今生相隨。

願天下有情人終成眷屬，天下眷屬皆為有情人。

在兩代間左右逢源

假日，中午陪父母吃健康飯，晚上和兒子啖美式餐，琦在桂林山水間。

歡愉卻惘然！

我的口味，宜中宜西，可淡可鹹，少了自主，全憑感覺。迷惑的穿梭在東區，燈紅酒綠，花花世界。距上次買紅棉襖，卻已是換了季、也過了年了。

白天、晚上，都興高采烈的綵衣娛親。

這一代，在兩代間辛苦，算左右逢源吧！

辛苦，或只為了印第安那．瓊斯在「水晶骷髏王國」中的那段話：

不管再精采的人生，都需要能夠一起分享的人。

No matter how splendid your life is, everyone needs someone to share it with.

秋節

秋節，很溫暖的節日，是遊子思鄉的日子，是歸人團圓的日子，是月亮的日子，歷千萬年仍溫柔的披灑。

秋節，月餅與文旦的完美結合，絕配。值班也不免俗的各攜帶一枚，在冷寂中，讓我的世界仍與外界聯通。

昨晚夜巡內湖，雨中走了萬步，大湖湮波縹渺，灰濛濛的一幅潑墨山水。路邊商店鋪了滿溢而出的盒裝月餅，精緻卻少了感情，遙不可及。

憶起兒時，好像是福利麵包店，總在節後，堆疊一攤半透明紙包裝的月餅，泛著油和香氣。賤價賣，適解決嘴饞。一口咬下的鳳梨餡，黏牙，卻香甜到靈魂深處。

數十年了，那樣深埋，卻一下漾出來，才知道為什麼回憶總讓人沉醉。

感悟

孤獨常令人恐懼，但人來人往間，不斷的扞格摩擦，卻又是另一番點滴在心頭。生涯中，無可避免的送往迎來，考驗試煉著不同的新舊關係：父子、母女、夫妻、婆媳、手足、同事、師生，乃至點頭之交或擦身而過的陌生人，輪迴接踵，在不同的碰撞和火花間搖滾前進。

千古難題，尤在夫妻、婆媳。競合之間，常進退失據。前者難在合，要貌合神聚；後者危在競，當有禮有節。

如果你能感悟世事已定，優游間就會多一份從容；

如果你能體認人生無常，俯仰間就會多一份優雅。

息爭止謗、動心忍性，並非委屈示弱、理虧求和，而是洞悉人情世故後的取捨和空靈，是為真情大愛的暫時性理盲和濫情，更是為追求長遠幸福快樂最終的掌握和妥協。

豈能盡如人意，但求無愧我心。心寬氣和，常保最原始的童真和初心，珍惜手邊玫瑰，無憂無懼，積善存厚，快樂的迎向天邊彩虹。

五月的康乃馨

五月，是非常康乃馨的，也是屬於母親的。

母親節，這個偉大節日的由來，要源自西元一九〇七年，因為美國的安娜・賈維斯（Anna Jarvis）小姐的孝心與不斷奔走，乃在一九〇八年五月十日於西弗吉尼亞州宣布，以長期服務教會的賈維斯母親的忌日為母親節。

一九一四年並經美國總統威爾遜簽署命令，正式將每年五月第二個星期日定為全美的母親節，並逐漸推廣為國際節日，來表達對所有母親的感念。而賈維斯母親生前最愛的康乃馨，也就成了母親節的象徵。

康乃馨是石竹科的植物，原產於地中海地區，花莖硬脆，花萼長筒狀，花單生或二至三朵簇生，花瓣扇狀。花色繁多，有黃、白、淡橙、鮮紅、粉紅、紫色滾白邊等。

小時候沒錢買花，就用畫的，即使是一團粉紅的塗鴉，也讓媽媽快樂得旋轉。長大買花，愈買愈多愈大朵，但媽媽依然只是笑笑的看著我，眼睛亮亮的充滿了愛，數十年沒變過。我才慢慢了解，她根本從沒在看花，她一直在看我。

想著小時候繞著媽媽跟前跟後，使性子耍脾氣，媽媽都寬容的讓事情淡淡過去，給了太平且充滿愛的童年。長大後求學就業一直在忙，媽媽從來只是默默的給我鼓勵安慰，離富貴遠遠的就怕增加我的負擔。

每週我固定回家看爸媽，她總說，「公事很忙吧，要注意身體。」我都顧左右而言他，像小時候一樣吹吹牛，讓媽媽放心。媽媽很少給我打電話，她很怕再增添我任何壓力，但我知道她一直在我身旁。

媽媽左眼因感染近乎失明，我知道她非常沮喪，甚至不是因為她看不到完整的世界，而是她不願我們看到不完美的她。即便如此，有任何和我相關的好新聞，媽媽都百看不厭，眼睛亮亮的、彎彎的。

其實我很難過，看著她在面前衰老、聽著她有時會重複的話語，卻無能為力。媽媽呀，我是多麼感激您的教誨和愛卻無以為報。

我畫一朵康乃馨，送給我親愛的媽媽，希望這一抹塗鴉，讓媽媽重溫小時候的我，和那我們都永遠不會忘記的溫馨時光。

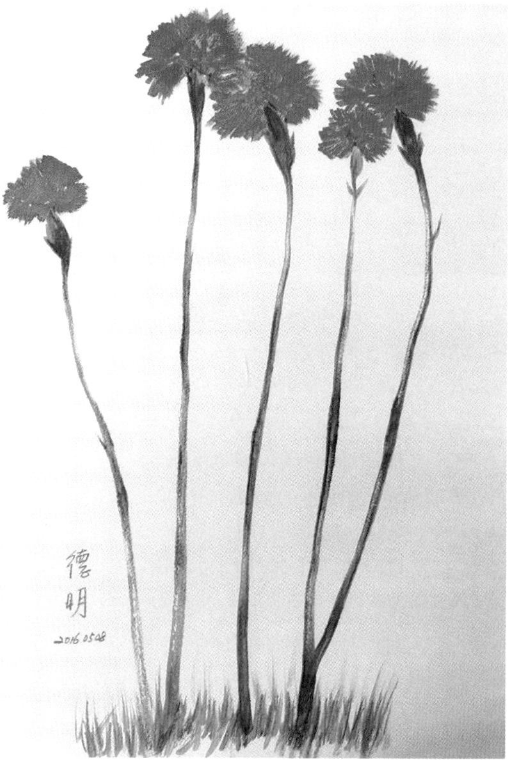
德
明
2016.05.08

紅玫瑰

真的畫了九十九朵玫瑰，一朵一朵畫的，沒看過誰畫過九十九朵，就是執著的硬要落地生根，做別人沒做過的。

沒人教過怎麼畫玫瑰，但看多了就知道它是一圈一圈的包著。並不是沒準備，上灣公園的玫瑰已看了至少一年，網路上的也下載了不少。直到玫瑰都盛開在心中，開筆也就一朵朵的飄出來，像魔術師由黑箱子裡不斷釋放的，一開始就沒得完，直到那個正字畫了十九又五分之四個，戛然而止。只稍微停頓了一下，思索要補一朵湊百嗎？算了，世上哪有圓滿，久久才重要。

玫瑰那麼多色，喜歡哪一味，隨心情而定，紅橙黃綠藍靛紫，甚至是黑白，總有個心情場合應對，今天我只畫紅玫瑰，不想參雜攪和。也許是因為過年討個喜氣，也許是技法魯鈍多了會露相，也許顏料只剩下這一款，也許是被虛名困住了。我沒問自己，就一個顏色畫到底。難度不低，大概連自己也沒把握會是個什麼結局。

慢慢有了模樣，只要開始，故事總得要收尾。不跨出去，就只能原地傻站著，沒人會等你理你，至於是悲是喜，是成是敗，還要看當時的因緣際會。畫的好說不定少了趣味，畫壞了也許還另有所獲。總之，有了作品；最重要的，了了心願。

你絕不相信每畫一朵，花香就更濃郁。那甜美的滋味令我眉飛色舞，在漫天的花雨中揮灑游走。為什麼愛塗鴉？就因為渾然忘我。注意到那些凸起的莖刺，嬌豔豈能垂手而得，採摘的過程當然要有傷痛，哪有收穫的不先付出，但絕不空入寶山。

誰寫過紅玫瑰？喜歡張愛玲小說《紅玫瑰與白玫瑰》的經典名句：「娶了紅玫瑰，久而久之，紅的變成牆上的一抹蚊子血，白的還是床前明月光；

娶了白玫瑰，白的便是衣服上沾的一粒飯黏子，紅的卻是心口上一顆硃砂痣。」其實根本沒得選，路隨希望而迤邐，最終卻都只能一瓢飲。

也喜歡李焯雄填詞、陳奕迅的歌〈紅玫瑰與白玫瑰〉：「得不到的永遠在騷動，被偏愛的都有恃無恐」；終於了解為何是九十九朵紅玫瑰，就是要讓它有些騷動卻又有恃無恐；周瑜黃蓋，本就願打願挨。管他蚊子血還是硃砂痣，就愛那一抹紅。我喜歡那一抹紅，落落大方赤裸裸的嬌豔絢麗，紅得真誠又觸目窩心。管他蚊子血還是硃砂痣，就是要珍惜久久。

願以這九十九朵紅玫瑰，獻給親愛的家人朋友，祝福大家都心有靈犀，在一世情緣的日日夜夜裡，和至親的人，在芬芳的玫瑰花園裡長長久久。

輯三

生命中的活水

天邊彩霞手邊玫瑰，總要能有捨才能有得並隨遇而安，
也唯淡泊無欲才能知足常樂，並優游自在的快樂人間。

海天不一色

用單色顏料，完成心中的藍白，是幼稚的挑戰，也是極大的樂趣和自我療癒。

海為何是藍色？問天啊，因為天是藍色；那天為何是藍色？問海吧；因為海是藍色。不要告訴我科學上的什麼瑞利散射理論，否則海藍為何浪白？天藍為何雲白？明明就該是宇宙間的相互輝映、相依相生，且相輔相成。

如果海藍不容浪白，如果天青不忍雲灰，哪有藍天碧海的幻化飄忽、剎那永恆。如果天空沒有雲，你看不出天的澄明；如果大海沒有浪，你看不出海的浩瀚。如果天上只留一朵雲，她應該是什麼形狀什麼色？如果海裡僅剩

一抹浪，她應該是什麼顏色什麼形？你留藍還是寧白。駐留心中的雲和浪，在藍白間飄過和湧起，悸動在天在海在心頭。

大海因浪濤而雄壯，天空因雲彩而美麗；海、浪、天、雲，調和而為宇宙自然，海天不一色乃雄霸天下。

因此有了塗鴉，確實是挑戰幼稚，但也是心中的詠嘆，是對海天宇宙的濃情蜜意。

樂於放空

長時間擔任公職，夙夜匪懈，偶一休假，竟惶惶不可終日，像個逃學的虧心小孩，坐立難安。讀到這句話，頓時放鬆了下來。

人生不能像裝了履帶的火戰車，無休止的滾動。即使F1賽車，在激烈競逐中，也必須因加油、換胎而暫停。

試著讓自己在大自然中放空、在街角的咖啡館放空、在小書店放空、隨遇而空。在長句中加個逗點，會讓文章更雋永流暢。

知道不需勉強於一時，知道還有更長的路要走，要讓自己心甘情願的樂於放空，就遊手好閒一日吧！

深情

連日陰雨，濕漉漉的早晨，巷口喝杯熱拿鐵。

她披著黃色的斗篷站在窗前，也許只因為簷下是乾的，也許感到室內的熱度，也許為了吊掛的幾盞燈，也許是特別為了來看我。

就停在那，一雙眼盯著看。是眼睛吧！不閃不躲，不眨不瞬，黑瞳深邃，炯炯有神，定定的罩著你，有些迷惘，有些痴盼，是柔情似水的凝望。

那雙眼裡，有無垠的世界、有無數個夢境，時空停格，神祕得令人痴狂。

我啜一口拿鐵，回望著，款款情深。

養魚記

相約去桃園觀音看臺灣最大的錦鯉養殖場，主題動人，盛情難卻。

養魚超過二十年，由小缸金魚起手，三碗水，兩條魚，或許兩情相悅，或許三聲無奈，終是看牠們在裡面生了一窩小不點；到中缸熱帶魚，二十來隻霓虹燈、小紅箭，在綠林草叢中神氣巡游、氣象萬千，卻不幸被據說平和而錯放的血鸚鵡一夕果腹、屍骨無存；到大缸錦鯉，晨昏親餵，見燈光身影彷彿相識，爭先恐後的張口討食，模樣討喜姿態可人，看牠們自在優游而欣悅療癒。

愛魚，自然相隨。

車緣八里上西濱沿海行。有些荒涼的砂岸，灰白的雲，淡藍的海，一抹碧綠滾著邊，天候也如此政治得令人無言！沿途矗立了櫛次鱗比的大型白色風扇，有正轉、逆轉、悠閒的轉、驚急的轉、慵懶的轉、卯勁的轉，只不知這廂的借風御風，是否點得起萬家燈火。

不旋踵，到了魚場，各式名貴錦鯉分門別類的倘佯在偌大的深水池之中，幸好自家的魚沒有相隨，不然讓小家碧玉們看到，一定羞愧得無地自容。人家是在標準池裡長泳，我們是在洗澡缸裡泡湯。

場主見我養魚，隨手撈了一紅三白，硬是要我攜回，說一隻產卵就五十萬粒，挑百分之五養殖也有二點五萬尾，不值一哂。推辭再三後帶回兩條，一尾「白寫」、一尾「紅寫」。白寫是白色錦鯉配上墨色大斑紋；紅寫是紅色錦鯉配上昭和三色之墨斑。放在充氧灌水的塑膠袋內後車廂中，一路跌跌撞撞的跟回臺北，沒中風也絕對腦震盪。

返家後遵照叮嚀，先整袋漂浮缸水一小時，謂調節溫度，再抱魚入池、丟棄殘水。一切按部就班，想除了擁擠親密些，應無大礙。未料三天後，一隻三色老魚突然離群索居，很快的就帶著痛苦神情游履闌珊，緊急隔離仍無力回天。禍不單行，隔天另一尾三色又肚白朝天。

震驚之餘，急赴魚店求助，知應是不同環境中的外來菌種感染。外來較痞，讓純潔的我們汙染，實在令人扼腕叫屈。下藥後，狀況才漸趨穩定。倒是二進二出的一點便宜也占不到，世間事常如是，福禍在天，豈能盡如人意。只盼未來魚水相歡、健康平安。

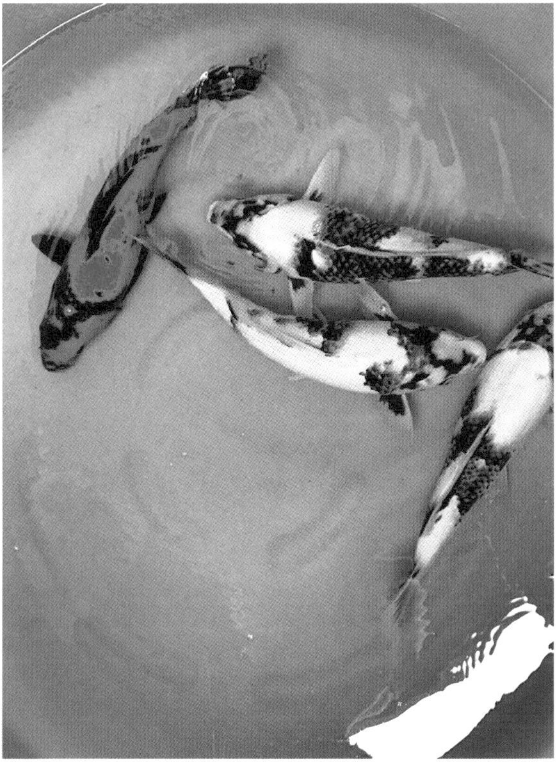

蒼茫雲雨

假期苦短又無規畫，躲人潮避塞車又不想留白，陽明山躍然腦海，乃驅車直上。不是陽明山就是北海岸，腦殘得令人羞澀。

小學開始就不定期到陽明山郊遊遠足，還記得當時背著塑膠水壺，帶著媽媽準備的糖果，在學校租的公車上領麵包餐點，在花鐘前傻笑留影的場景。數十寒暑，仍不時想山登山。山，春夏秋冬，四季錯落幻化，有時翠綠有時白頭，有時絢豔有時蕭瑟。杜鵑、蘆葦、槭楓、櫻花，總是染得萬紫千紅，但心境卻一樣的歡喜平和。

山下遠眺，像綠巨人纏著灰白綿厚的圍巾線帽。仰德大道等紅燈上山時，天氣還一片清朗，半山就已雲霧縹渺，愈往前行，愈是車寡人稀。往竹子湖路上，能見度不及十公尺，灰濛濛一片夾著細雨，只能弓著背緊握方向盤，盯緊路中泡在水中斷續扭曲的雙黃線，開遠光燈、閃警示燈，以不及二十公里的時速，在雲雨中挪移。偶爾對向也會有兩抹暈黃緩步奔來，邂逅於蒼茫雲雨中擦身而過。人生，許多片段，不也會有突如其來莫可抗拒的暴風雨、或莫名的邂逅，只有低下頭，等待雨過天青，或因緣具足。

路上一家店賣關東煮，熱鍋哈著氣，逆天送雨。看大夥一身狼狽，披散著白髮的老闆娘笑說，「你們來山上吸空氣呀！」空氣真是清新中帶著甘甜，飄夾著青草味，水氣盎然、直沁心扉。

兒子說，「爸過去，幫你照一張松下問童子。」末兩字讓我眼睛一亮，二話不說衝過去微笑回報。哪管白頭，童心未泯才是面對人生風雨的依仗。

多年來，腳下的打勾球鞋，已磨平了底，山路濕滑，不敢登高行遠，只有覓得巨石留下登頂照糊弄人，笑傲江湖一番。幾個角度後可能架勢太足，居然有人排隊，依樣畫葫蘆，雲雨蒼茫中浮生一樂。

殊途同歸

是修路師傅忘了帶足夠的地磚嗎？是紅色的少了？還是白色的少了？他為何要帶兩種顏色上山呢？他是想把紅色鋪給心情好的人走嗎？那走白色的又該是什麼樣的心情呢？是上山要走白色的嗎？但誰規定下山該走紅色的呢？那如果心情好，上山，又該怎麼走呢？是正午該走白色的嗎？那夕陽就該選紅色啦？

為什麼要有兩種選擇？該怎麼選？

是什麼樣的心情，在這個當口，會有這樣的鋪設。是神來之筆的巧思？還是忙中有錯的糊塗？修路師傅在想著什麼？

你可以就這樣坐下來，歇腳揣摩很久，躊躇不前，聰明反被聰明誤。

你若有大智慧，你就預知會殊途同歸，登頂或下崗，一回頭，都只是來時路罷了！

一滴入魂

社交宴完上好友的車，沒直接回家，說要帶我去開眼界，就在士林區一個有地下室不起眼的老公寓，一對樸實的老夫婦，酒窖中收藏了近兩萬瓶紅酒，溫度控制在十四度，最老一瓶一九〇二年已超過百年。一瓶一格，靜靜斜依在那裡等待。

屋主顯得高興，為示熱忱，當場開了瓶一九五五年分的法國勃艮地紅酒，濃稠醇厚的紫羅蘭色，優雅沉靜的果香在口舌間流竄，輕漱後，微張口吐出酒精，殘剩的酒漾起甘甜，閉起眼，酒沿著鼻腔昇華，不由想著那一年的氣候、當地的陽光和雨、孕育的泥土、混雜著的養分，結實纍纍的碩大葡萄。

屋主說這瓶酒由葡萄熟成、摘取釀造、裝瓶後漂洋過海、收藏一甲子，就為了等你來。酒等有緣人，她代表你的個性，也會告訴你一個故事。偶爾喝杯紅酒，從來不曾如此感動，酒量不好硬是飲盡三杯，好友說 meal is body, wine is soul。今夜空腹，只有靈魂。

微醺中由酒杯看世界，燈綠酒紅，人影交錯，突然感嘆自己錯過好多美好事物，每天上班下班，日復一日，公務纏身，空乏無趣，生活內容一塌糊塗。這世界好美好豐富，自己一生認真、付出青春。剛好今天好友由日本回來，送了兩張字卡，感受深刻！

再飲一輪，酒漾紅了臉。人生魚與熊掌，本不可得兼，每人各取一瓢飲，誰也無須羨慕誰，也由不得後悔。有得有失、有失有得，老酒真說了一個故事，感動今夜，如痴如醉、一滴入魂。

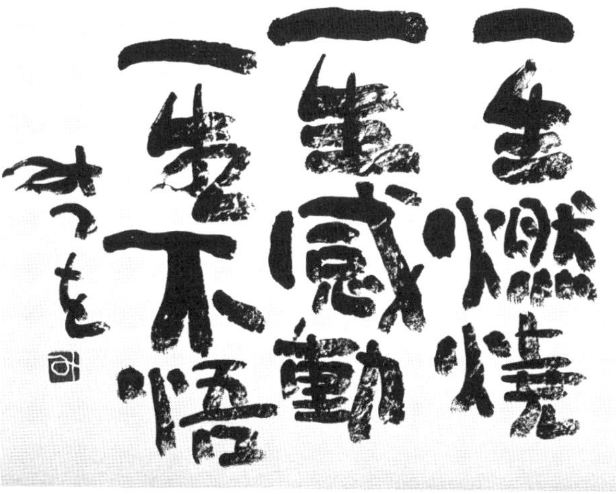
一生燃焼
一生感動
一生不悟
みつを

一生勉強
一生青春
みつを

寶可夢與安徒生

寶可夢於二〇一六年八月六日首度開放臺灣下載，瞬間點燃抓寶熱潮，街道上隨處可見人群聚集，唯皆鴉雀無聲或低頭疾行，緊盯手機不斷滑撥的玩家身影，蔚為街頭奇觀。

寶可夢是漂流在真實與虛擬世界間的奇幻旅程，以所在真實位置為平臺，鼓勵玩家外出遠行，一方面追尋四處出沒的寶貝怪獸，也同時找尋寶可補給站添加能捕捉怪獸的精靈球。好奇涉足，勤奮狩獵，三天抓了八八隻慶祝父親節，怕被挾持沉溺，已毅然脫身。

「安徒生插畫大獎五十週年展」亦於同年第一次授權在臺灣展出。該獎項是由「國際兒童圖書評議會」創設，每兩年自全世界會員國的提名中，經過嚴格篩選，最後頒給對繪本有獨特貢獻的插畫家，以彰顯其成就。此次展出包括由一九六六至二〇一五年，共計五十年二十五位歷屆得主約三百件畫作，風格多元且充滿童真，令人駐足流連美不勝收。

安徒生童話故事家喻戶曉，印象最深刻的就是《小美人魚》、《賣火柴的小女孩》、《醜小鴨》、《國王的新衣》等，皆膾炙人口。由平面印本幻入情境，窩在一隅，看完歡喜雀躍，還能代代相傳。寶可夢則要心手眼腿合一，全神貫注於隨機現身不期而遇的怪獸，並藉捕殺進化，還得帶著充電器勤跑江湖。

安徒生與寶可夢，由紙本到電子，靜態到動態，真實到虛擬再到虛擬實境，不得不驚嘆世界的快速改變，我們在追隨倘佯享受人類智慧成果之餘，更應在電子機械的冰冷中，緊牽牢攬現實生活中的溫熱。

寶可夢再見

由八月六日開始已沉溺寶可夢一個半月了，明明幾乎無法自拔，還自欺欺人的夸談原則，就像賭徒叫嚷週一、十五不玩一樣，總是愈陷愈深，還一臉堅毅果決。眼睛真的非常痠澀疲憊了，電子公文、門診電腦，回家還要看書再激戰寶可夢，真的沒有理由再猶豫迷戀了。

檢視戰果，尚堪告慰，身經無數戰役，已列二十三級，虜獲各類不同種獸俘共一〇八類，合計一六五八隻，進化了一二二種，孵化了四十七個蛋，造訪了三二五三次寶可補給站，打贏十一場擂臺，走了一八〇．五三公里，累計積分 519445XP，確實也在我單調的生活中注入活水。

當然還有些許遺憾，皮卡丘就僅一面之緣；還有四十一種素昧平生，但世事豈能盡如人意，總得有個起落，否則就歹戲拖棚了。唯一的殘念是妙蛙花硬不就範、失不復得，偏偏妙蛙種子、妙蛙草都很少現身，無緣進化。可遇不可求的事既難掌控，遙遙無期的倒不如放棄。

緊要關頭，偏偏么兒又提出有一新開 Buddy 功能，可帶著寶可夢跑，每走三公里給一顆進化糖，當時還差五十八顆即可完成進化，雖然長路漫漫，但有路不走，總心有不甘；走下去，就又回不了頭。就這樣一面苦行、一面活捉，拼拼湊湊差二十二顆，遙遠但一直帶著希望。

颱風天留守醫院辛苦，或許是老天垂憐給獎品，突然毫無跡象的手機躍入了妙蛙花（CP1523），打了兩次 excellent 絕妙好球卻都收不下。不浮躁，沉住氣，冷靜觀察其運動軌跡，終於在十數次失敗後，在牠躍起下落最脆弱的剎那，令其束手就擒。

再無殘念，決心終結，瀟灑一回，來去無礙。管他是不是黃道吉日，寶可夢再見。

都市的綠寶石

假日，除了陽明山、北海岸，最常去建國花市。因為行政職務的羈絆，心懸不下，市區近郊能安心走踏，已深感榮寵。不過一向都沿建國高架橋，仁愛路下，再於帝寶下方公用停車場停車，過個馬路，就可沿玉市逛到花市，長路漫漫，卻極具身心療癒之效。唯大安森林公園，雖緊鄰其旁，倒是疏於問候遊耍。週日難得清閒，但天空有些灰濛，難近山海，乃決定車行稍遠，停在這一片綠地之下。

大安森林公園，占地近二十六公頃，一九九四年三月二十九日正式開

放，是市區內最大的生態公園，被譽為「都市之肺」。闖入後真是鳥語花香，草木扶疏。但總覺樹木已植逾二十年，卻略嫌清瘦，並無想像中綠蔭遮日的勢頭。回家後查閱資料，方知其來有自。

原來公園土壤厚約六十到七十五公分，是一萬年前海嘯衝來的黏土，土壤內還有當年拆眷村沒挖乾淨的房屋廢料，再加上覆土厚度只達標準的三分之一，都是樹木多年來難成其大的原因。幸好，「大安森林公園之友基金會」已於二〇一四年請來臺灣及國際多位樹醫會勘，找出了癥結，也應可逐步改善。

不過，這一片綠地水澤，卻充滿生命力。聒噪的鳥雀、爬行的蜥蜴、爭巢的鷺鷥、育幼的水鴨、獨釣的夜鷺、剝蕉的松鼠、曬日的烏龜，流涎的獵犬、磨蹭的斑貓，還有相擁的情侶、學步的幼童、練功的青年、瞌睡的老翁，以及輕輕走過的我們。都市的綠寶石，閃閃動人。

藍白

天是藍的，喜出望外的湛藍，潑墨揮舞，漫天一色。奮力向蒼穹捕捉泛藍中的留白，幾朵雲彩，只為證明那真的是天，天是藍的。

強颱遙推，抖落灰濛，洗淨的天空，湛藍，那是曾經深信，天的顏色。也曾懷疑，更曾擔心，未來畫布裡灰黑的天，不再是風格顛覆、大膽突破，而是真實的色彩，那將是無從辯駁多大的謬誤和遺憾。於是真正開懷，笑仰迎天，讓藍白深深印入。

那亮麗的眸子，白眼翻飛，深邃動人，像漩渦捲纏，吹動著大地心田。誰知那眸子是純真無邪的回眸遠眺，還是包藏禍心的臨空瞪視。就默默的望著，望斷秋水。

陸上警報已發布，樹葉層層疊疊、簌簌搖擺，不知是否為遙遠的風所驚動，看著舒適的綠，和最鍾愛的藍白。

週末咖啡

依然在晨曦間開眼，由內湖沿民權東路雙人行到復興北路口，找一家小咖啡店醒腦兼歇腳。點了中杯拿鐵和杏仁可頌，劈頭被問有沒帶身分證，有點疑惑和微惱，怕是咖啡館裡還設博愛座，好心腸的想打折卻有眼無珠。原來只要證明是臺北市民即可升級為大杯，這是什麼促銷手法，不假思索下一時心貪，乾杯後換得一天疲累的清醒。

窗外兩棵高大樟樹，經過昨夜強颱吹襲，瑟縮著輕輕搖擺，葉片也簌簌的相互輕撫，像做錯事剛被打過手心的小朋友只敢小聲講話。街上行人熙來攘往，在陽光下串演行色匆匆的人生，每個掠影都是幾十年的故事，濃縮在一剎那，成就一眼的喜怒哀樂。我放鬆著，感覺無比的幸福悠哉。

沿路行，跟著小綠人的步伐橫越民權東路，走進前方著名的宮廟，因為環保已禁了香火，但仍顯得肅穆靜謐。神座前擠滿了男女老少，摩肩接踵梵音不斷，善男信女虔誠祈禱爭相膜拜，不知在求國泰、民安、健康、姻緣、財富、官祿、功名，還是一如我簡單的平安，其實也不全然單純，仍貪婪的加了自己、家人、醫院……。畢竟薰染了安定力量，一身輕盈。

中午到美式餐廳吃牛排寬麵配可樂，猶如在江浙館吃烤鴨，亂配亂吃，賭腸胃分不出東西南北，只有照單全收，就算味蕾精明不情願，也會嚴肅告誡臺東風災的慘烈，應更多關注聲援南臺灣的災後重建，而不得再計較口味配搭。

午覺睡不著，無意識的撥轉電視，強撐著看了大半場電影——「時空永恆的愛戀」，女主角由美麗女星布蕾克．萊芙莉飾演，好像因為一場雷擊意外，竟讓年齡停留在二十九歲。青春永駐固然引人稱羨，但不老的歲月卻讓她承擔愛人朋友遠去的無奈。藏駐在年輕皮囊下的老靈魂，令她在困惑中選擇逃避，不敢愛、也不敢再被愛，唯恐婚戒套上的是注定悲傷的老少姻緣。

直到再遇男主角欲迎還拒、理智感情間的痛苦煎熬，因為一場嚴重車禍，瀕死時電擊後讓一切重生，當看見鏡中一縷新生白髮，才欣喜的確認時光已恢復流轉，她將可和戀人白首偕老。特殊的敘事與結構，彷彿訴說無論皮相、時空如何變化，至少潛藏的深情歷久不變。

颱風過後的夜空分外清朗，我仰望繁星點點，感覺平靜充實。週末的一杯咖啡，讓我在半夢半醒間覺得享受。

皮卡丘

晚上十點半，居家放鬆放空之際，手機充電順便打開寶可夢，皮卡丘突然蹦出來，確實驚喜宜人。

本已公開戒斷，要求犬子協助下架而不可得，無意聽到他已十八級，好勝心起難以抹滅，乃又重起爐灶暗急直追，竟是天賦異秉，硬是手到擒來的扶搖直上，只有汗顏的撕毀承諾。

訂下鐵律，上班、過街絕對不碰；小咖的沒興趣，出現過的沒興趣；絕不花錢或追風天涯，完全願者上鉤、願打願挨。

但就是有些好奇這玩意到底能變出什麼把戲，把趾高氣揚很搖擺的怪獸打回囊胎收了，也是浮生一快。即使家中坐著守株待兔，或循老路線的湖邊漫步，也已收穫一籮筐。

皮卡丘在《神奇寶貝》漫畫中是主角小智獲得的第一個寶可夢，也因此知名度最高，又因扮相可愛顏色鮮豔，確實惹人疼愛，逮了置入囊袋，如獲至寶欣喜異常，確有療癒功能。

看街頭成群寶可夢迷俯首沉醉、專注忘我，若能從遊戲中了解自己也能認真也會執著，並轉移到課業工作上，不斷自我增能進化，提升CP值，培養好奇心和打獵尋捕的能力，相信就不至於虛耗時間一無所獲，也必能有所領悟和突破，並讓美夢成真的「夢可保」了。

看海

日子胡亂的過沒有安排，連假四天感覺突如其來，想想看該去看海了，就沿著濱海路飆車。說飆車是心頭的沸騰，速度卻很拍謝，仍規矩的只比柏油路上噴漆的數字加十。不是右腳沒力，油門也不緊，只是甩不開那張隱形的罰單，甩不開那些自縛的框架。

清晨的海邊，瀰漫著濃烈的鹽味，覺得遙遠又熟悉，瞬間卻揚浮起記憶中許多的畫面，那許多海邊的故事，就這樣輕漾起我唇角的笑顏。當年跟著爸爸，應該就是在這一片海域中，套著救生圈，在浪花推擠間，學習一生的沉浮。當年伴著同學，應該也是在這一片海域旁，燃著營火柴，在微光明滅

中，搜尋著一世的伴侶。

吸灌入身體中的海鹹，沉寂著、潛藏著，卻輕易的應和著今晨的空氣，伴隨著一生一世的信念和承諾。人生最快樂的也許不是當下，而是回憶時的甜蜜和坦然。

天色有一抹灰，海水也不是那麼藍，但光影多采，映出的卻是我更愛的湖水藍。像是畫筆沾水，在海天一色間再輕輕的沾抹暈染，讓人可以更舒適輕鬆的倘佯其中。

遠方的海，灰紫深邃卻平靜無波，盈滿穩重的雄踞一方，包容寬厚；倒是淺藍的近海還翻湧著波濤，此起彼伏的喋喋不休，橫梗著的棕黃礁石，更彷彿一夫當關，卻都已千瘡百孔，拍石裂岸的波浪也瞬時泡沫。

我沿著海邊走，看著我心愛的湖水藍，風吹著樹梢，也溫柔的吹盪著我的心田。

妙蛙花

夜晚雨後散步，濕漉漉的巷弄裡突遇妙蛙花，長得醜陋邪豔，卻聽說是很珍稀難纏的傢伙，CP值又高（784），乃使出渾身解數，餵了草莓，也調上黃球，屏息後快速正射、旋轉勾射，居然怎麼打都收服不了，恨見牠無動於衷的齜牙咧嘴。

因為想要，愈來愈急的慌了手腳，不都是三、四球不中就化成一縷濁煙飄散而去，也省得我人財兩失，卻不知為何老神在在的直到轉瞬間騙光我的黃球才止歇，氣得想就此金盆洗手不玩。不玩了總行吧！又想不應鬧脾氣耍賴，且退場身影一定要優雅，就先悶撐著吧。

一路嘟囔著彆扭著走著，麻雀蝙蝠全看不上眼，嘰嘰喳喳振翅拍擊根本懶得理。回家後就寢前的最後一瞥，剎那間，又意外閃出鴨嘴火獸，CP值更高（1133）。此時因剛受挫，反而冷靜異常，了不起不玩了的酷，也少了得失心，出手快狠準，順利收服，含笑入眠。

人生不也如此，想追尋的常高掛天邊，總失之交臂的可遇不可求；但卻又常無心插柳的綠意成蔭，或失之東隅卻收之桑榆的意外驚喜。天邊彩霞手邊玫瑰，總要能有捨才能有得並隨遇而安，也唯淡泊無欲才能知足常樂，並優游自在的快樂人間。

別再說我三心二意強詞奪理賴著不走，真的在認真找淡出停損點，應該是見好就收的時刻了。但總得給個冠冕堂皇的理由，高手退隱也至少有個灑花儀式。

灑花？該不會又有奇遇吧！

花香

忙碌的生活裡，還記得這些花嗎？
看到花影會漾起花香？聞到花香會漫出花影？
還是生活裡已久久沒有花香也沒有花影了！

花是大自然的奇蹟，五顏六色，繽紛多采，她不是必然。地球外的宇宙，哪裡還有花？哪裡還有花香？如果沒有花朵的妝點，大地將多麼貧瘠；如果沒有花香的撲鼻，空氣將多麼澆薄。

花其實是植物的繁殖器官，生物學功能是傳粉、受精、形成種子。傳粉方式除了風，最重要的應是生物媒介，包括蟲、鳥等。蜂與鳥都有靈敏的視覺、色覺和嗅覺。為繁衍，花就只有爭奇鬥妍、招展飄香，施出渾身解數招蜂引蝶，而吸引的方式就包括色、香、蜜。

花香由來：花為何會香？應是花瓣薄壁組織中的油細胞或配糖體，可分泌或分解帶香氣的芳香油，再揮發到空氣中。也因為不同花種分泌芳香油的化學成分及配糖體分解能力不同，故花香可由清淡到濃烈。而據統計，白、黃、紅色花種多比較香，且以白花為最。

聞到花香：由嗅神經和鼻三叉神經兩種感覺系統參與。空氣中的化學分子會刺激鼻腔後上方的嗅上皮內的嗅細胞的嗅覺感受器，產生神經衝動，經嗅神經傳導，最後到達大腦皮質層的嗅覺中樞，形成嗅覺。

分辨花香：人類嗅覺基本上有香、甜、酸、臭四種。能分辨至少一萬種不同氣味，可謂敏銳；但據聞狗更可嗅出兩百萬種不同氣味，是人類的百倍。動物世界裡不知是否更香氣四溢！

記憶花香：二〇〇四年諾貝爾生理醫學獎得主，巴克（Linda B. Buck）

及艾克塞（Richard Axel）在一九九一年研究的重要結論之一，即「單一神經元所表現出的單一受體，會辨識特定氣味並傳遞相關訊息。而當嗅覺神經元死亡時，新神經元的軸突會接入嗅球內已死神經元軸突原本的位置。」所以，即使細胞一再更替，嗅覺仍能長記久存。也難怪憑香憶人、聞香難忘！

不過某些因素會對嗅覺有影響，如空氣的溫度和濕度會影響氣味分子的振動和傳播；某些疾病如感冒會降低嗅覺的敏感性；腎上腺功能低下者則出現嗅覺過敏；飢餓可使嗅覺感受性提高；婦女生理期時也會使嗅覺敏感，特別是對某些與性激素有關的物質氣味。

白水木、軟枝黃蟬、九重葛、野薑花、玫瑰、七里香、蝴蝶蘭、野百合、梅花、桂花、臺灣欒樹，濃妝淡抹、各形各色。飄散的花香，總帶給我們不同的悸動和回憶，直入心扉、深沁靈魂。

一朵花，一縷香，一瞥一瞬，偶然會勾起一個幾乎遺忘的故事，輕輕蹙額、酣然失笑，漾出心湖漣漪。假日去走踏看花吧！讓花香和靈魂交融，讓人身也帶著香氣，由靈魂深處散發，美麗生命也助人為樂。

自助旅遊

一生中第一次自助旅遊，行程近乎盲目，幸好帶了三隻導盲犬，完全授權任憑擺布。清晨五點的飛機，三點到桃園機場，兩點出發，一點半起床，展開辛苦但甜蜜的京都行旅。

經濟艙，擠在狹小空間中，想起小學的課桌椅，像硬塞了個老師的彆扭。幸好旁邊擠了琦，想當年想擠成這樣還苦無機會的一陣無聊竊喜。

Google 氣象預測京都、大阪都可能下雪，內穿發熱衣，挑出十年前買的 GORE-TEX 豔紅黑色，想像雪中紅，不由得興奮；卻是一路無雪無雲，人算不如天算的由心底躁熱。

日本主要隨天皇的居住地定都，西元七九四年桓武天皇由舊都長崗京遷都平安京，到一八六八年奠都東京為止，京都之為日本首都已逾千年。千年積澱使京都市擁有豐富歷史遺跡，是日本傳統文化重鎮。文史遺跡和寒雪是我嚮往的原因。

由大阪入境，搭日本鐵路（JR）到京都，先拖拉著行李覓得車站旁預定的小旅館，將行李推入後隨即外出開始照表操課。

午餐排隊吃碗據說網路評價不錯的拉麵，然後再搭便捷的鐵路至稻荷車站，走路到僅一街之隔的伏見稻荷神社。伏見稻荷位於稻荷山的山麓，整個稻荷山的範圍都被視為聖地，主要是祀奉農耕之神的稻荷神，香火熾盛。神社的範圍內可見許多狐狸（稻荷神的使者）的雕像。

此外，據聞許願人會捐款在神社內豎立鳥居，表達對神明的敬意並還願，是起源於江戶時代的習俗。鳥居象徵神域和人類居所的邊界，伏見稻荷大社豎立著數量龐大的大小鳥居，而以「千本鳥居」之名聞名日本海內外，號稱旅遊票選第一名。

接下來，馬不停蹄趕往東山區域音羽山的清水寺。清水寺是京都最古老的寺院，西元七七八年由相傳為唐僧在日本的第一個弟子的高僧慈恩大師開山，主要供奉千手觀音。現存清水寺為一六三三年重修。清水寺氣勢宏偉，為棟梁結構式寺院。大殿前為懸空的平臺，由一百三十九根高數十公尺的粗大圓木支撐，未用一根釘子，結構巧妙。清水寺與北山鹿苑寺（金閣寺）、嵐山天龍寺等同為京都境內最著名的名勝古蹟。一九九四年，清水寺列名至世界文化遺產。前來朝拜的香客或觀光客絡繹不絕。

京都的旅館，麻雀依人，只能用溫馨的擁擠形容。若NBA球星姚明入住，橫柴入灶，可能還卡卡的。洗手間一體成型，就是剛夠迴旋而已，不會想多待一秒鐘。每天七點起床，簡單用餐後即開始健行，每日最少十五公里，甚耗體力，唯景色宜人。

第二天，早餐後搭乘日本鐵路訪嵐山，出站步行約十分鐘，即見一跨越桂川上約兩百尺長的橋梁渡月橋。渡月橋建於一九三四年，橋北側屬嵯峨野地區，而南側則為嵐山。許多日本貴族將宅邸置於嵐山，嵐山之名也常出現在歷史典故與文學作品中。桂川河岸也是熱門景點，這裡每年春季會有大片野生櫻花，秋季則有楓林可觀賞。

除了美麗的自然景觀外，嵐山也有很多知名古剎神社，多位古代日本天皇即安葬於此。其中最重要的，應屬名列世界遺產的天龍寺，及曾出現在由日本知名女作家紫式部寫的，可能是世界上最早長篇寫實文學名著《源氏物語》的野宮神社。

天龍寺為一三三九年初建，入園門票每人五百日圓，該寺規模十分宏大，在京都五山中排列第一，曾歷經八次祝融之災，現存殿堂多為後世重建。而「曹源池」更是使天龍寺聞名的名園，如同獨特的日本詩畫般清幽美麗、巧奪天工，後於一九九四年列為世界文化遺產。野宮神社因祭拜健康及智慧之神，且與《源氏物語》的關係，尤其如鋪上綠色地毯般的青苔庭園，故香火鼎盛。但也因此致遊人摩肩擦踵，令人無法靜心欣賞。

常寂光寺，入園門票每人四百日圓，似乎非主流旅遊區，人煙稀少，但卻極為清幽雅致，而可恣意駐足沉思。中午十二點有僧人敲鐘，嗡嗡聲遠傳且歷久不衰，發人深省。

下午看金閣寺，正式名稱為鹿苑寺，一三九七年由日本第三代幕府將軍足利義滿整理改建，並以其法號命名為鹿苑寺。因為寺內主要建築舍利殿的外牆全以金箔裝飾，故俗稱「金閣寺」。鹿苑寺大部分建築在應仁之亂時被焚毀，僅舍利殿倖存，而被列為國寶。不幸的是，一九五〇年舍利殿又因故被燒毀。現存舍利殿據知是一九五五年根據原樣重新修復，一九八七年才又全面換新舍利殿外牆的金箔裝飾，該庭園被列為國家特別古蹟。

之後，再搭火車趕往奈良。奈良公園以鹿多聞名，隨處可見鹿群，且皆數尺之遙。上次來此應已逾二十年，次子大容才幾歲，在路邊竟被鹿撞倒，當年未報之仇如今真凶杳然，當然也只能莞爾一笑。

春日大社位於奈良公園內，建於七一〇年，亦被登入世界文化遺產之列。那晚剛好有點燈儀式，倒是美景之一。

第三天早餐後，乘公車訪二条城，此城堡建於一六〇三年江戶時代初期。曾經是德川家第一將軍德川家康的寓所。一八六七年第十五代將軍德川慶喜，在二条城舉行還政於天皇儀式，二条城因而聞名。一九九四年被聯合國教科文組織列入世界遺產。

二条城內被列為國寶的宮殿六棟共有三十三個房間，建物面積近一千坪，鋪設了超過四百坪的榻榻米，壁畫以虎、松、鷹等為主，氣勢磅礴、金碧輝煌且充滿力量。

下午離開旅館，再搭日本鐵路到大阪。搭鐵路約三十分鐘，若搭新幹線約十五分鐘，但要多花五千餘日幣，想想似不值得，匆匆跳上鐵路列車。未料漸趨荒涼，原來錯搭了反向，一路坐到敦賀，再搭特急鐵路火車到大阪。不但多花了至少一個半小時，而且列車長來查票，不通英文，不但完全不體恤搭錯車的懊惱，還追補了九千餘日幣，真得不償失且大大掃興。

第四天早餐後，小犬們居然提議各自行動，想來仍各有需要與託付，有些神傷。當年全家五人去過英國、瑞士，從來都老爸一聲令下、集體行動、絕無異議。如今落得我和琦小組行動，度過自在但有些孤寂的上午。

下午三點大家回旅館整隊後，搭火車到機場趕七點華航，結束了四天美麗且充實的假期。

冬旅

長子大為值班日期不定，自己也心意未決，蹉跎到最後，才開始討論春節假期的消磨。

僅四天，什麼團也沒有，只能自助旅遊，就是亂點個目標，一頭霧水的航向未知那種。可能兩個弟弟出國，正困於冰雪世界，寄來的照片觸動了思念情懷，琦和為幾乎立刻決定了北海道札幌，猜是投射作用，只能點頭。

記得辦過冬奧，除了冷，一無所知。買本指南，到臨出門才開始閱讀，根本瞎貓碰死耗子的臨時抱佛腳。什麼機票也沒有，不得已買了酷航，商務艙價錢卻杵在經濟艙，就覺得一定是腿長，硬是膝蓋頂著前座一路漂流。

前面的潮女變出個飯團在吃，夠味；隔走道的小男生，在媽媽作態的吼叫制止聲中，不斷踢著前座年輕情侶的椅背。一定熱戀未婚，刻意展現疼愛小孩的風度，看的人都想開扁了，受虐者還能不斷回以優雅憨笑，最後竟掏出巧克力擺平。我們則吃喝著自帶的堅果和開水，酷！看來正常班機固定一式的餐飲要檢討。

突然傳出嘈雜的音樂聲，四五個空服員舉著大字報圍過來，以為有人鬧事，側看原來是 would you marry me？男士掏出個黑首飾盒，女生根本沒矜持，一聲我願意就這麼訂了。當然，三萬尺高空，擠在一起，怎麼說不？怎麼逃啊！

飛三個多小時就開始下降，機外一片雪白，臺北是二十七度，札幌是零下五度。熱烤冷淋，保證外焦裡嫩。但準點又平穩，酷呀！

日本由四個島嶼組成，分別為北海道、本州、四國、九州。最北端的北海道，面積七．八萬平方公里，人口五百四十餘萬，是四季分明的旅遊勝地，札幌則是北海道首府。

出新千歲機場，靄靄白雪，鋪滿大地，換日鐵再步行。不知道零下溫度是什麼狀況，反正裡外六件，裹成粽子，拙緩的在街上移動著。不過倒真沒替臺灣丟人，約一天行程，硬是走得行雲流水，電視塔、雪祭、植物園、大學、病院、博物館，兒子規劃的事都照做了！

第二天下午，上 Kiroro Resort 喜樂樂滑雪度假村。新聞報導，適逢史上最強寒流直擊北海道，札幌零下十五度。又如何？數字再變，我六件不變，裹成球，滾動前進，風雪不侵。何況家人早幫我準備周全，小孩遊戲用墨鏡、粗工手套、箱底掏出的發熱衣，兒子丟在衣櫥裡的毛線帽，要什麼有什麼的有求必應，就是一毛不拔。只有自己當年買的踢不爛（Timberland）鞋，原擔憂平底細紋，卻保暖又履雪如夷，難怪有口皆碑。

自忖滑雪並非強項，但千里迢迢，無論如何也得擺個架勢，兩腳一蹬，兩桿一頂，積雪上還不就留下滑痕，誰說滑雪一定要由山上下來才算。生平第一次，非留個英姿昭信天下。

雪中漫步後再搭小山貓深入山林，白雪恣意摟壓著老樹，冰敷著不容搖擺，強行滋潤著風霜刻劃的容顏，寒雪中瑟縮承歡的枝椏，應是痴等春日新發的青芽。

憧憬松下問童子，雪深不知處的蒼茫；和簷下品茗把盞看雪飛的悠然。顯然築夢非實，只見大家奮力在雪中作樂，尋不到一處沉靜清幽。這是以雪為伴的歡樂場所，念的卻是人雪相忘的空靈之境！

回程，沿路美麗的北國景致仍然令人心曠神怡，而內心更充實飽滿。機上一杯三百三十ＣＣ礦泉水要臺幣一百元，也就甘之如飴。旅程總一堆功課，不斷學習，最難得是和親人同行，那是無可取代的甜美回憶。

捕捉

臺北，蝸居數十寒暑，僅一水之隔的三重，卻鮮少侵門踏戶。據悉，有來自南美的赫拉克羅斯和未知圖騰兩個新品種寶可夢正蒞臨新北市三重區大都會公園，且限地供應、限時搶捉，過村沒店、過時不候。躊躇於偶像包袱（當然多慮），肖想萬一被圍著要簽名成了稀有寶可夢怎辦？想太多而猶豫不決。

週末炎熱酷曬，還是頂著烈日去了。不入虎穴，焉得虎子，總不能未戰先敗。便服小帽，逛街裝備，仗著技術高超，獵人帶了頭腦帶了槍，還不手到擒來，哪需要什麼娘娘腔的防曬！出門前灌了口水，想可撐個三小時。也免得拖個水瓶看起來減了帥氣。

天啊！難道是有造勢活動嗎？現場漫天人潮，男女老少，萬頭攢動，迤邐不絕。以前捕獸，都戴小帽躲在暗影裡開槍，深怕認出來被嘲幼稚。偏上次住家附近公園裡，頭已低到快碰地，還有個白目過來驚喜的叫老師。重聽加深度近視好嘛！這時候認祖歸宗，是哪壺不開提哪壺，想多是急性濕疹的皮癢。

以為是長青復健組活動，未料有同學揪團，有男女朋友，有攜家帶眷，有祖孫三代，還有嬰幼兒跟著跑跳哭鬧。現場青春洋溢，攤販鱗次，充滿歡樂氣氛，彷彿嘉年華。只是人手多機，電話不是耳朵處理，是眼睛和手指在照顧。發明人看此奇景，不知做何感想，或也是另類思維，個人化手機，恐商機無限。

心頭一鬆，反正大家都拋頭露面，少了顧忌，卸下心防，就隨著移動的大開殺戒。這時候，比速度、比反應、比技術，都絕不遜色，完全的寶刀未老，就千萬不要突然臨檢身分證的來比出生年月。

一路追趕跑跳碰，卻突然感覺渴了，皮膚也曬得焦熱，這才想到不聽老人言的窘迫。幸好身手矯健，又不必遮羞，迅速功德圓滿，見好就收的載譽返家。

電視謂有三十五萬人來湊熱鬧，還包括許多歐美亞太人士，躬逢其盛，心滿意足。

寶可一夢

想忍住，很想忍住，一定要用力的忍住；不能說，就不能說，或許根本就不該說。但真的忍不住，不能不說。

今天，就是今天，二〇一九年十月二十五日，寶可夢達到最高的四十級。紀錄是由二〇一六年八月六日開始，除了去越南參訪的一天，住在一個沒有寶可補給站的野地，其他三年多來的每一天，一定至少捕一隻怪獸，拜訪一個站，且除週末假期，絕對月黑風高時行動，賺取微薄的基本分數。迄今，已捕獲五〇八種，四二七七九隻寶可夢，累計 20001497 XP，走了四五三八．九八公里，美不勝收。

剛開始羞於拋頭露面，從不參加集體打道館活動，只鴨子划水、默默行事；一年後逐漸突破心障，開始帽T出征，再換成便帽，直到近期三重的嘉年華，才正式真人實境，大膽演出。

有點傷感、有點失措，爬到頂峰，四顧茫然。一場遊戲，卻已玩到盡頭，以後該如何自娛？

也有點得意、有點驕傲、有點佩服自己，一千天的堅持，就是一個顧念、一個憧憬、一點頑固、一點態度，尤其是還有童趣，還有運動，醒腦健身，何樂不為！

你是不是也曾猶疑裹足在某個點上？要大膽嘗試、勇敢出擊，學習克服、習慣征服，堅持就會看到終點，才有機會在終點上吹擂。

決定金盆洗手，因為已曾經擁有。會當凌絕頂，一覽眾山小；黃粱已熟、寶可一夢！

轉角又遇寶可夢

認真想找個理由退場，俐落轉身，偏偏轉角遇到愛，下班由內湖路轉成功路附近，突然快龍躍入手機螢幕，竟然讓我無意間遇到這隻別人夢寐以求的寶可夢霸主，最強的神奇寶貝。有前車之鑑不敢怠慢，特地先存在手機裡，強押著回家，沐浴更衣後才在么兒的吆喝助陣下，經一陣忘情廝殺，艱苦卓絕的擒下。

快龍從天而降，束手就擒並翩然入厝，應是夠強烈的訊號了吧，再逞勇好鬥也該就此滿足了。

《易經》亢龍有悔，乃降龍十八掌第一式，「出掌使力四分、留力六分，靜觀其變而克敵制勝。掌法的精要不在『亢』字而在『悔』字。」生活不能一味亢奮衝撞、埋頭苦幹，而要在有為有守、寬容存厚。

既已擒王，哪在乎小蝦小蟹，天下之大，何期一網打盡，就盡速清理心中的牽絆，速謀脫身之計。

仍對鯉魚王和其升級版的暴鯉龍有莫名眷戀，鯉魚王只是一條橘紅色的魚，嘴側各一條如鞭長鬚，猛烈翻騰的帶勁。無緣親睹升級版的暴鯉龍，只有靠鯉魚王進化。進化需要累積四百顆鯉魚王飼料糖，於是假日偷閒就藉故流連水岸湖濱，硬是收服了數十隻，才終於達成心願，也才發現自己是這麼的執著。

事不過五，殘念守一，盡速清理，莫忘初心。

填空假期

懵懵懂懂一個長連假，心中惦記著很多事情，遲早要面對，假期也不會讓時間暫停，也不會讓煩惱消逝。

看完夜診，心態上準備稍事休息，不由得一絲愉悅，心臟卻仍怦怦然跳得激烈，知道排山倒海還有面對不完的挑戰。

隔天一早，很令人懊惱的又六點十五清醒，明明沒有上鬧鐘，卻偏偏比鬧鐘還準。鬧鐘顯得一臉無辜，捏著它狠瞪一眼，就你平常把我整慣了還裝窘。怎麼辦呢？驅車上了高速公路連通道又被趕下來，原來當天有高乘載管制。走平面道路曲曲折折終進了辦公室，困窘卻平靜，空空蕩蕩的還真不習慣，真的放假了。磨蹭了幾小時，中午趕回去帶著妻小港式飲茶，排了一小時隊，用甜點塞滿心中的無奈與不安，那一碗紅豆湯真是相思的纏綿呀！

電視說到處塞車，倒是沒規畫的空白假期坐困小城的好理由。想看山，浮起陽明山，聽說是海芋季，偏偏人家都是絡繹於途的去掃墓，路上行人欲斷魂，當然不能湊合。

只有去看海，也不過二十分鐘就到了萬里，海還是那麼藍，心中的 blue 頓時清曠。幾十年未見的女王頭，就照個相吧。細長的脖子刻劃著歲月的風霜，一如我不忍卒睹被雕琢的容顏，像我兒時唱的得獎歌，「我的青春小鳥一去不回來」。海浪的聲音那樣規律，撲打著礁岩，也迴盪著我翻騰的思緒。

假期的每天依然早起，有時走很遠的路，有時坐公車，到咖啡廳就點一杯咖啡，選人少靠窗的位子。同樣的大杯焦糖拿鐵，不同的馬克杯，不同的香氣，不同的裝潢，不同的面孔，不同的風景，不同的人來人往，尤其不同的心境。琦說是喝氣氛，我卻是咀嚼人生。

不知為什麼，每當這時候，就讓我想起在俄羅斯參訪時，在破舊的小旅館中，那麼期待的簡陋早餐，和那一杯溫暖安心的熱咖啡。

檀島的蛋撻、原燒的燒肉、三井的燒烤、怡香園的煲、鼎泰豐的包子、海壽司的壽司。讓味蕾沉浸在假期的氛圍中翻攪，順便帶走內心的歉疚。

琦陪著我山巔水涯、街頭巷尾，追逐著寶可夢。是為了行走運動？是獵殺的本能？是征服的快感？是分數的迷惘？是色彩的痴情？是止不住的好奇？還是已被數位化的人生？一日專注，無日稍停。

山巔上的雲靄、綠水中的青苔、路邊的小花、飛舞的彩蝶、奔跑的貓咪、來往的人群、電視裡的「神隱少女」，都讓我沉醉迷惘。沙場上震天價響，仍一身盔甲人不離馬，畢生征戰幾時還。歌頌這美好的假期，讓我歇息沉思，讓筆直的線又有了迴旋。

迷城

週日約了十一點半在敦南SOGO午餐，卻十一點就被灰白了頭的駕駛送到復興SOGO。只確認是SOGO無誤，就欣然下車。

剛開完醫學會，雖拆了領帶，仍一身西裝筆挺。時間還早，看有人在門口排隊，萬一被認出來不知該如何解釋，因此若無其事筆直的在復興南路上來回走。

熬到十一點半，尾隨人潮進了賣場，只記得餐廳在六樓，心無旁騖的搭手扶梯轉著圈到了，卻聞不到菜香也人時地物全變了樣，這才驚覺怕是走錯了地方，早到變遲到，狼狽奔出，已丟了閒情。

手機詢問犬子：「人在復興ＳＯＧＯ，該如何去敦南ＳＯＧＯ？」或許知道爸爸愛書，回「往誠品方向，要往反方向走」。茫茫人海，哪知誠品在哪！因人在復興南路這頭，反向應是在那頭，於是越過馬路到了忠孝ＳＯＧＯ，想路邊叫計程車較順路，又怕太近臭臉拒載，也一貫謹慎的想再確認，就再問一下天生腦中配有導航系統的琦俾萬無一失。立獲斬釘截鐵言簡意賅的回說「背對著忠孝ＳＯＧＯ走就對了」，人家講得簡明扼要，再問就顯得愚昧，於是確定了背在東方後，就毫不遲疑的面向西方前進。

一路疾行直到汗流浹背的抬頭，看到了天際線上的建國南北路高架橋，不信邪的快速走近，真一點也沒有百貨公司的繁華景象，這才驚覺剛才沒有溝通背在何方，硬是又選錯了方向。烈日下要再由建國走回敦南，雖心有不甘卻已力有未逮，舉步維艱且遲到甚久，只得徹底放棄，勉強攔輛計程車，完成最後一里路。

又是一位灰白了頭的司機卻很有禮貌，焦躁的心境剎那間平和下來，小小空間裡迴漫的竟是莫札特交響樂，不禁開口：「老闆你都聽古典音樂？」

「每天八小時，已聽了七、八年，慢慢也就懂了。」繞著SOGO三點團團轉的迷惘，短短車程，卻帶給我莫大的平靜和愉悅。

小城中的迷途，短距離裡團團轉，走繞了太多的冤枉路，跟最親的人都溝通成這樣，不禁省思是否日常事物中也曾訊息不清就做了決定，也不知最後是否又都繞了回來。

春城何處不飛花，迷城偶拾智慧牙。

一日雙園

人家是一日雙城，圖的是網路聲量、鋪陳政治前途；我們是一日雙園，謀的是囊袋眾怪、希冀探寶取夢。

一日雙城，直攻北高，壯志成城，放眼天下；一日雙園，兼善動植，玩物淡志，聚目一機。自忖是無分軒輊的拚場，各取所需。

早上去木柵動物園，門票一百二十元，小孩大了，就再沒去過，小孩大了也有十餘年了吧！在動物園一路風馳電掣、走馬看花，閃乎其後的各類動物，自己小時候，兒子小時候的年代，也都記憶猶新。聽那些年輕父母童言童語的和小孩對話，啞然失笑！許多舊時畫面躍然腦際，回憶都是美麗的。

只是此刻目的不同，造訪動物園，不在看動物，而是專注的抓動物。那些千奇百怪、色彩鮮豔的網上動物，曲球捕殺，不亦樂乎。當然總有些真實的動物令人駐足，抽空留照，不虛此行。

晚上興起，臺北植物園路邊停車，由後方輕推旋轉門而入，免票。燈光極其昏暗，植物該都睡了，遊客稀零、靜寂無聲。哪有天昏地暗之際來探訪植物，只是醉翁之意不在酒，也是為了捉寶而來，晨葷夜素，換個口味。空氣清新，擾人清夢，藉手機微弱光線引路，又是滿載而歸。

一日雙園，遊戲設計者居心叵測，這樣逼著遊蕩，幸好是四天連假，睡飽也就拚了。得空放肆，總比騎著鐵馬，一日雙城來得輕鬆。

比比看實景與虛擬，到底是哪種更為可愛？

情人節玫瑰

那晚飢餓中在街上徒步覓食，餐館鱗次櫛比，但人多的怕排隊，人少的憂食材，一再流連蹉跎，走到沒力。倒是乍見花店裡包裝精美的玫瑰，隱約感覺應該是那個節日了。看少男們節衣縮食爭先恐後，這朵玫瑰怕比我的炒麵還貴。能填肚子？

雖說玫瑰填不了肚子但填心。不知是因血紅的顏色就赤誠，還是甜美的香氣永留存，反正就妹仔們人手一朵，其實除了暖心還有行情。但留意那些婆婆媽媽、阿姨大嬸都沒了玫瑰，就知道那只是因為妳年輕還沒點頭，點了頭可能就換成提菜。

自己倒是已經超無感，一生中唯一且第一次送花，是夜市買的一把小雛菊，送了人家還不是淚眼汪汪的超興奮，誰說一定要玫瑰。難不成當年牛郎還拎著玫瑰過鵲橋去看織女？別說不羅曼蒂克，每日一封情書，從不間斷，一直到點頭說我願意。

回家問，兒子居然也不免俗的送了玫瑰，倒是讓我心驚，難不成人家還沒點頭？若情書來不及，那就贊成還是要繼續送玫瑰。

也或這才是我該學習的浪漫隨風。即使膚淺、虛假、浪費、俗套，但就是會迎個笑逐顏開。也就是一碗麵錢，何樂不為！

在生命中跳躍的音符

到臺中開會，九點二十五分在南港上高鐵，車廂空盪，以為長假中早紓解了人潮，樂得輕鬆放空，坐走道位，伸長了腰腿，自在的閉目養神。

滑進臺北，人不知從哪裡湧出，萬頭攢動黑麻麻一片，而且一臉匆忙，一下塞爆。老遠一個年輕女生拎個提袋，踽踽走來，運動帽T，牛仔褲球鞋，青春洋溢，卻傳出局促不安、更令人不安的貓叫聲。不期然的在旁邊停下，一句輕聲的抱歉，人斜切進來，手提袋一舉，那貓眼正和我的滿目狐疑對上，天啊！

她靠窗坐，那裝貓的袋子就放在腳旁，露出個白毛腦袋，有點歲數，是隻老貓，並不討喜，還不時警戒的瞪著我。我摸摸車票，有票也沒坐錯位置，堂皇尊嚴的回瞪，全不迴避，看誰的眸子裡有故事有智慧。

彷彿知道人情冷暖，雖不斷的喵喵，卻也安分守己。我喜歡活蹦亂跳的，氣口不對，興致缺缺。主人不斷以食指置於嘟嘴上噓，家教不嚴，還要故作姿態，變成此起彼落的兩個噪音。到了新竹，她們搖晃著下去了，頓時一陣欣喜，終該落個短暫的清靜。挑起窗簾，準備一覽冬陽潑灑下的中臺灣景致。

但根本還沒喘口氣，又上來一位壯碩矮漢，右手一杯 CITYCAFE，左手一個和體型不太相稱的小手機，胖嘟嘟的溢滿座位，也塞滿車窗，天光都變得隱晦，遑論風景，還一路低頭傳著簡訊。看那專注的神情，不知那頭是誰這麼麻吉尬意，讓他粗短的手指費力的在小螢幕上跳躍。

就這樣，臺北、桃園、新竹、苗栗，十點四十二分才到臺中。懊惱又不是感恩謝票，不知道為何每站都停。也不知招誰惹誰，這麼短的車程，卻落個長時間的不得安寧。

幸好臺中豔陽高照，一掃全身陰霾。其實生活中的紛紛擾擾，豈能盡如人意，總視為生命中的跳躍音符。若一路平順，那才是無聊人生。吁一口氣，叫個小黃愉悅赴會。

奧賽美術館

一位臺陽美術社本土老畫家稱讚我的畫有畢卡索的味道，他都畫不出來。明知違心，仍高興了兩天，可能還會持續。

一早去故宮看奧賽美術館三十週年大展，展出六十九件號稱此生必看的十九世紀珍貴曠世名畫。記得至少十年前去法國開會曾走馬看花，但遠不如這次的感受深刻悸動。挑出來的都是教科書級的經典傳世畫作，如雷諾瓦「彈鋼琴的少女」、米勒「拾穗」、梵谷「午睡」、高更「布列塔尼農婦」等，尤其難得的是能彙集於一館，幾乎填鴨式的瀏覽，令人駐足屏息、不忍抽離，絕對幸福值得。

看浪漫主義與古典主義、學院派與寫實主義、印象派與自然主義、象徵主義與折衷主義，各派宗師彷彿同室操戈競技，不同的筆法畫天畫地、畫雲畫水，近睇遠看嘆為觀止。

我喜愛人物畫猶勝風景。一顰一笑的細膩意涵傳達，又豈是草木能知。以裸女畫像而言，沒一幅會有邪思，艾利德羅內的「黛安娜」精緻準確；貝爾納的「牧羊人休憩時光」乾瘦貧瘠；雷諾瓦的「大裸女圖」富態豐盈；莫里斯德尼「封閉花園的女人」苦悶怨妒；瓦洛東「梳洗的女人」，乾脆浴巾蒙頭，倒像我的筆法，困難之處就模糊些帶過，但卻都各擅勝場，難分軒輊。

面對這些膾炙人口的名畫，為附庸風雅，當然也要爭先恐後的熱情一番。不過自己另外特別喜歡的是，威廉布格羅的「襲擾」，一位美麗女子被七個小天使圍繞，好像盯著討奶喝，她護著胸部，湖水藍的眼裡有迷惘困惑，也閃爍喜悅和微慍，欲迎還拒的神態，令人拍案叫絕。剛好有嚮導帶團，旁聽到說是追求者眾，表達對愛的迷惘。真是心領神會一拍即合的不是普通厲害。

另一幅是畢沙羅的「曬衣服的女人」，好像可以聞嗅到陽光蒸曬在衣服上的味道，這才真了解好的畫是色香味俱全。

一位老畫家無心一句話，給了我豐碩滿足的上午，心曠神怡的又想開始塗鴉了。

突然有些困惑，說別人的畫「有畢卡索的味道，沒人畫得出來」，到底是褒還是貶？

東旅

為春季醫學會經北迴線東旅，催普悠瑪在山海間疾行。進花東，遠眺崇山峻嶺，雄偉壯碩，筆直的平地拉升，坐看雲起；近觀野樹相擁，磨蹭交纏，蠻橫的沖天而出，笑傲江湖。

而茂林樹種雜被，濃盛成一抹映天的綠，青翠沁心，乃知潘安西施、拐瓜劣棗各安其命，都只一生一世，也都只爭一片天地，唯物盡其用、相輔相生，才能共譜和諧一致的絢麗光彩。

海在不遠處，隨山蜿蜒，不知是山摟著海，還是海偎著山，一路相隨。遠眺波平如布、灰藍交織，海滋養山、山投影海，山海相戀相守；近觀波濤拍擊，葉影婆娑，細訴低迴，萬年情話，山海綿綿不休。一世的情緣，又怎堪無語無言。

轟隆隆的聲音劃過原野，載著不相識的過客，彷彿奔向共同的終點，卻有不同的情懷和盼望。那高掛的孤鳥，在風中佇立，是冷眼山海瞭然於心，還是自絕海山茫然於世。我悄然來回，揚起一片塵沙。

東東旅

突然因公又復東行，穿越花蓮直奔玉里，幾乎同樣路再走一遍，只普悠瑪換成太魯閣。走山看海，本來興致盎然，是放鬆又愉快的事，但兩週一次，還真密集得有些不情不願的殺風景。

祕書將行程安排妥當，全然無需操心，反正生活一向他理，照章行事少說實做即可。一去就是一天，享受被放逐的悠然。很多事無心插柳，真幾件事能預作安排？順勢而為反常柳暗花明，行行止止、尋尋覓覓，總有所獲。

陽光普照，燦爛得有些刺眼。去時右山左海，山綿延著，藍天綠地，隨車上下晃動；海湧得像要溢出，波光瀲灩，閃爍耀眼，灰藍一抹，寬闊得令人心曠神怡。很羨慕坐在窗邊的人，偏偏此時她拉下了紗簾，一片美景頓時霧裡看花。哪有靠窗的就能決定，沒個商量，怕曬就該坐走道；可看的是我，曬的是她，當然也不能強求。嘆人世間許多因緣其實也就一瞬來去。

到花蓮，許多人都起身了，心中的雀躍大概幾乎能體會祕書為我訂票的心情。偏偏鄰座換了極壯碩的黑衣漢，還粗獷的大口咬麵包，只有輕闔雙眼假寐裝盲。原來所有風景都自由自在，只是心境決定了美醜。

後座婦人喋喋不休，真是不停的講，上窮碧落下黃泉，像政論節目車上開講，不斷重複著口頭禪「重點是」。可憐學生時期起聽到「重點是」就會睜大眼睛，這連珠炮般百來個「重點是」，只有撐著無神雙眼，極不情願的分享她的喜怒哀樂，續航在花東之間。

回程山海易位，原來再險阻的環境都會改變，只要換個方向。這回靠窗，輕挑紗簾，沾沾自喜，也就不管鄰座的好惡了。不知她是否也想跟我打個商量。我在搖晃隨行的山水間偷笑！

輯四

歲月帶來的豐美人生

過往的拚搏，需要心靈救贖，讓未來彌補欠人欠己，

讓自己更渺小、更謙卑的走向人生的下一站，且義無反顧。

傳說中的改變

傳說，我變了！

不再那麼急躁，不再那麼易怒，更隨和而有耐心。真的？這難道不是一直以來的我嗎？難道，曾經我真的變過？

或許吧！在急馳的道路上，在鋪天蓋地的壓力下，我不得不變。有人以為我振一振衣袖，又上一層樓，瀟灑來去。殊不知我受了多少委屈、付出多少努力、流了多少汗水、花了多少心血；我逃不掉又抗拒不了，也許不經意的變了，不得不變了，真的改變了。

此刻，我在意的是，傳說中曾經改變的一路上，我可曾讓別人傷痛？可曾令別人失落？可曾誤會了什麼？可曾錯過了什麼？

往者已逝，覆水難收，但來者可追，後會有期。我樂於新的改變，傳說中的改變。

在未來的日子裡，隨時提醒，勿忘初衷，樂己樂人。

飛行

清晨，輕滑過陰霾濕冷的黑，由松山機場飛往臺東。幸好有 Moleskine 筆記本和 MontBlanc 筆隨身，孤單的旅程有伴。

很少雨中飛行，懷著忐忑，逆風，小格窗外，雨絲由對向飄打而來，灰濛濛的一片，搖晃；鄰座壯漢帶著口罩，也不知是保護自己，還是保護別人。總之一切是那麼的糟。

氣流不穩定，要一杯咖啡，手緊抓著紙杯，無糖，無奶精，也無心情，苦呀！就飄香給別人吧。

曾參加一場心靈課程，兩位陌生的夥伴，描述初見的我。男士說像一本書，要翻閱才懂；女士說像一粒蘋果，蘊著香氣。那已是十多年前的往事。

今日的我，在磨練中成長，願意朗讀自己，並飄香他人。

想著，嘴角閃過一抹微笑，飛機也正穿雲而出，陰霾之上仍是藍天白雲，一片清朗。

五十九

什麼年齡數字會影響心情、令人惶惑且瞻前顧後？我確定是五十九。拚戰半生，所向披靡，但在六十面前，突然垂刀茫然、膽怯心虛，猶豫思索著人生。

自幼才情洋溢，所在皆能。一路策馬疾行，過關斬將，看已上了巔峰，似已功成名就，風起雲湧、志得意滿之際，卻因五十九的駐足，心緒難定。

埋首苦行，奮力向前，人生風景如浮光掠影，從不曾停步回顧，只是個數字，卻讓我迷惘，難以想像的心情。時光是那樣無情的逝去，一如我年幼時的憂慮，千金不換，駟馬難追，沒有一點妥協餘地。所有時間、努力換得的功名利祿，都將如恆河沙塵，過眼雲煙。童顏未老但白髮蒼然，歲月終究烙印了痕跡。

啊！怎白了少年頭。

五十九的內心孤寂騷亂，一生在框架中衝撞，偶一探首，外面天地卻何其遼闊。一絲探險違規的小鹿亂撞、心猿意馬，是最後的掙扎，終將在自己塑造的高貴牢籠中妥協停歇。

真回頭，功名換時間，重來一趟，怕是依然的步伐、依然的抉擇、依然的顧此失彼、依然故我。卻可能不再這般幸運，甚至徒勞無功的更加怨嘆，一樣的不歸路。不堪回首。

走下去，時間添功名，孤峰頂上，真心已渺，真情難覓；奮力再搏，徒然錦上添花，也就再回不了頭。五十九，該是個節點，或該放手緩行，調適安享被超越的現實，並抽空融入窗外被遺忘的景致。有勝利的香甜就有失落的苦澀，一體兩面，終不可能贏者全拿；而旅途中，偶一迷留小徑，或更能讓行旅怡然醉人。

只有時間，無情的公正，認清我們不能同時抱擁所有景色，即使再努力。直到今天，面對五十九的惶恐，恨一生成就換不回老之將至，於是風景聚集了，過客柔美了，時間變慢了，心也更寬廣了。這一甲子的拚搏，需要心靈救贖，讓未來彌補欠人欠己，讓自己更渺小、更謙卑的走向人生下一站，且義無反顧。

啊！五十九，驚心動魄。

上山、下山

夜宿玉里民宿「山灣水月」。黎明即起，走山路，遇叉口，先往上還是先往下？脫口而出，體力好時先往上走！

年輕的時候，吃得了苦、吃得了虧，禁得起挫折，撐得住挑戰，登高望遠，當然要向艱難行。固然奼紫嫣紅或斷垣殘壁無從預料，但終歸在人生中譜上樂章、塗上顏色，勝於平淡無奇。先往下走，難免掉以輕心，體力放盡，就再也無力攀騰。

長子大為曾問我，碰到叉路如何選擇？我回毫不猶豫選難的走。

難的路，敢走的人少，見招拆招，反而單純，即便落敗，也練就一身硬功夫；愈走，本領愈強，無意間，已登高峰。

易的路，行之者眾，擁擠雜沓，常因小失大，高估自己、輕判情事，一朝跌倒，便不復再起。

是以，遇叉口，先上後下，先難後易，終是不變的道理。

添新衣

在繽紛的豔紅裡、在喧囂的炮竹中、在洶湧的人潮間、在相互的問好聲，知道又過了一年，要準備迎接新年。

時間因自設的節點而充滿了期待，兒時盼入學、入學盼畢業；過了端午盼中秋，過了中秋盼春節。人生因盼望而多采，卻也在盼望中老了歲月。

老了歲月也無妨，但總得要添點新知，總得懂得些年輕人不懂的東西，也要學習他們很懂的東西。過了一年，還好腦袋裡有沒添新知，別人一下子看不出來，那就添件新衣吧。過年總得有個交代。

但今年我沒有添新衣，因為爸媽老了，老到足不出戶，可能忘了小時候的老習慣；今年我也沒給人添新衣，因為兒子老了，老到成家立業，可能也忘了小時候的老習慣。

原來只有我年輕，依然對未來充滿期盼，想要學習，渴望改變，添不得新衣，就靜靜的添點新知吧！

雨中

清晨，探頭窗外，路濕到水漬溢出柏油泛著亮光，幾把花傘在街角浮沉飄移，知道又是個微風細雨的日子。

執意外出，沿著河岸雨中徒步，邊坡漫著青草味和蛙鼓鳥鳴。先還跳著走，避開一個個水窪，怕水浸了衣褲。累了濕了，真避不開了，也就隨意踢踏著水相濡以沫。

球鞋早盛著水格外沉重，濕襪子泡包著腳，抬腿像拉扯著無限牽掛，褲腳濕冷的深邃了顏色還不斷向上蔓延，T恤胸口也瞬間潮了一片。後頸彷彿淋著水，眼鏡花了氤氳著霧氣，就一頂小帽護著頭，維持全身那唯一的清朗。

雨濕了大地，土壤浸灌後逼出了深潛的蟲，才剛見蒼穹就可能失了性命。鳥群此起彼落的大快朵頤，嘰嘰咕咕的歡喜豐收。飽了肚囊卻濕了巢，大自然的平衡下總有得有失的無法魚兼熊掌。

許多景，都說去過看過經歷過，同樣一雙眼、一樣的風景，遠眺近觀卻大不同。更何況不同的角度，不同的心境；不同的陰晴、不同的風雨；不同的期盼、不同的思念；不同的旅伴、不同的行腳；不同的季節、不同的晨昏。即使不斷重複，一轉身，也又都是陌生的新鮮，也都有滿足和慰藉。

今天，河邊雨中，是全新的體驗。

談孤獨

人類是群體動物，恐懼孤獨。

年幼時，恐懼孤獨，因為茫然於何來何去，只渴望繾綣於父母親溫暖的懷抱中。

年輕時，恐懼孤獨，因為絢麗繽紛的世界，沒有空手而歸的縫隙，努力鑽營投入，常需要朋友的簇擁認同。

年長時，恐懼孤獨，因為生命一點一滴的流逝，深怕就此吞沒在黑暗中，期盼被溫度包圍，抓牢僅存的真實。

人也享受孤獨。

年幼時，享受孤獨，因為學習的代價是不斷的試誤和懲罰，只有自己的世界裡，永遠是不變的老大。

年輕時，享受孤獨，因為追隨的過程中，總有競爭和衝突，唯片刻靜止，才得療傷止痛。

年長時，享受孤獨，因為回憶如潮水湧起，是一生的場景回顧，主角內心的五味雜陳，甘苦自知，外人早已在夢境裡如影似幻。

人生常伴孤獨而行，夾雜著恐懼和享受，在浮沉間此起彼落。我恐懼孤獨，也享受孤獨。

坐孤峰頂上，空虛寂寥，真心難覓，四顧茫然常觸景生畏。

而紅塵浪裡，喧囂雜沓，阿諛奉承，額手稱慶更久而生厭。

偶一孤獨，讓我沉澱，停止晃盪，回歸於深邃，蓄勢待發。

我恐懼孤獨，也享受孤獨。唯家人、朋友、回饋，使我們更渾厚堅實，孤舟簑笠，得獨釣寒江。

時光

是一個飄著雨絲的清晨，車在一個小學前停下來等紅燈。窗外一個年輕人穿著保全服裝，正瑟縮著緩慢走在斑馬線上穿越馬路，透著一股陳年憂鬱卻又面無表情的狠咬著菸，彷彿藉那一點火光取暖，鬆垮褪色的制服襯著整身的無精打采，想是辛苦值夜剛下班。

只緊盯著他的黑髮，有點油膩的捲曲卻亮黑，那樣的深陷入我瞳孔的黑。移不開的視線是對流水光陰的迷戀，想那個年紀的自己，泛起一絲羨慕不安。當年那時節我也曾頂著如雲烏黑，憧憬著未來卻沒一點把握，可能也曾踽踽街頭，在紅綠燈前佇立徬徨。

如今我坐在車內，悠然看著窗外，依然奮力辛勤的工作，健步如飛一切如常，卻攔不住白雪飄灑，那樣的觸目驚心，那樣的黯然神傷。可時光就這麼快，快得無聲、快得無情，容不得你悔恨、容不得你回頭，迤邐前行，分秒不停。

年輕，就也不過彈指之間。珍惜揮灑都一樣流水淙淙，一去不返，黑頭白頭，都永不回頭，快得你不知所措、快得你不堪回首、快得你想隨波逐流、快得你就是無可奈何。

綠燈亮起，車行漸疾，黑頭行遠，滿街行色匆匆。怕都有一個故事、都有一段遺憾；都曾迷戀、都曾錯過，也都有馬不停蹄的無奈。

吁一口氣，思緒抽回，但願安穩前行，瀟灑白頭。畢竟時光洪流裡都只能掬一瓢飲，酸甜苦辣唯點滴心頭。

節後餘生

少了切割工具，徒手剝柚，一陣扭打，柚皮上的字都糊了，終剝皮見肉，汁多香甜且無籽。興起，一併解決了月餅，勉強餬口。

想柚子長得如此精實，卻沒料到是這般粗魯的扒開，只留下皮囊。其實一生掙扎，不也就是為了中秋，當此時令，為值班人果腹，應屬備極哀榮。

那月餅捏製得小巧，說穿了也是為了可人。兩口下肚，總是給了回眸的機會。黏膩，在食道裡仍依依不捨，終究難以回天。

而自己，困坐屋中，為之後的風雨準備，準備演講、準備質詢，回信、寫稿，中秋加颱風，偷得浮生兩日，竟不得閒。

窗外風雨交加，想風起前柚子、月餅仍隨侍在側；風起時，已融為一體。嘆功成骨枯的無奈，卻更應時刻感念曾經的香甜。

那擾人的颱風竟叫杜鵑，不知從哪個窩裡飛出，肖想遮月。

節後餘生，且勿讓浮雲遮望眼！

小學同學會

天色黑沉，急行，步入臺大附近的紫藤廬，遲到的小學同學會。探首紫蘇房，滿室白髮人，錯愕、陌生又似曾相識，方知時光已帶走了年少。

點了簡餐，輪流訴說光陰的故事，即使大半生的精采豐盈，卻頻跳針，皆欲言又止。個中甘苦，豈能三言兩語，畢竟孤獨走過，誰也不會興致盎然。這時才明瞭，人生再輝煌，仍不足為外人道，更無所彰顯，冷暖自知、甘苦自嘗。

人生來去一趟，對得起你愛、愛你的人就好，能發光發熱的散播愛，就更善莫大焉了。

藏鋒

半生策馬疾行，劍筆不離。
筆運於手，劍藏於心，劍氣筆意，森冷如芒。
僅一里之遙而臨崖勒馬，投筆掩劍，畏敵怯戰乎？
舉高牙大纛，攻堅必折銳；
藏鋒斂鍔，志在迂迴求勝。
是收劍豈在畏敵，是憂其一擊不中；
藏鋒非真怯戰，是求其一擊必中。
劍收於囊，鋒斂於鞘，十年一劍，忍性藏鋒。

直到濡墨落筆，才發現「藏」這個字，象形得如此的奧妙，稱「臣」是藏的精髓，故「臣」伏於覆草之中，唯「戈」執其右，枕戈待旦，繪形得淋漓盡致。次子大容說我「藏」字寫得奔放，尤其「戈」字抖擻，斜劈而出，並無蔽掩之意。

或許字隨心轉，十年一劍，終破囊而出。

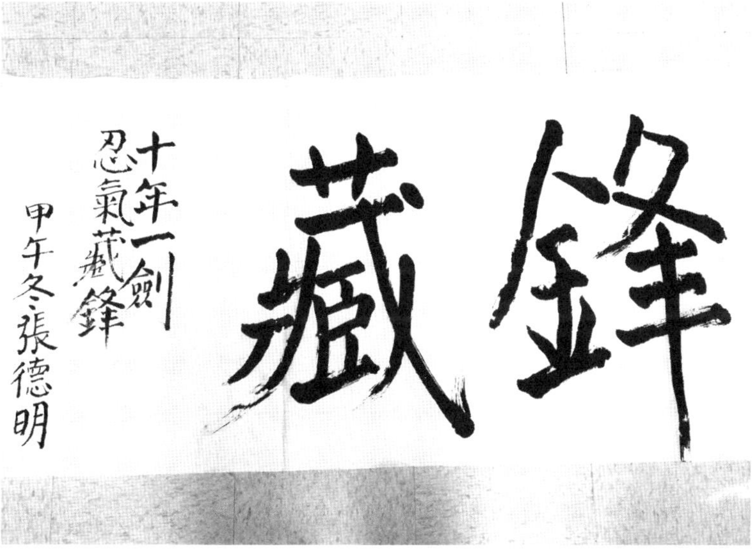
藏鋒
十年一劍
忍氣藏鋒
甲午冬 張德明

五月杜鵑

近幾年，五月的來臨，總讓心頭泛漾著一絲莫名的不安，極輕微的恐慌叨唸和不自在。倒不是要迎接親愛的母親節，那是我心中永遠的溫暖，坦白說就是不想面對屬於自己的日子，那個傳說中的母難日。日子一樣在過，只是那不斷堆疊的數字壓力很虐心。

杜鵑花應該是三月的花，花容豔麗，又稱映山紅。那首膾炙人口的歌：「淡淡的三月天，杜鵑花開在山坡上，杜鵑花開在小溪旁……」，伴著我成長。杜鵑花每年此時一樣盛開怒放，花團錦簇、萬紫千紅，一鋪陳就是漫山遍野。

這一抹粉紅，每年在大地升起，襯著我扛著時光的背影，伴著我當年青澀的歡笑，也映著我當下歲月的容顏，一切如夢似幻，數十年宛若昨日。那時的我，傻傻的笑，笑探未知的明天；今天的我，依然傻傻的笑，笑看流逝的昨天，也笑看未知的明天。

日前一位失聯病友來診間，告訴我二十六年前的五月，她每天盼望著我查房，帶著陽光和帥勁。多少酸甜湧上心頭！我用力仔細的看著她，想鑽回時光隧道，卻怎麼也找不到一點記憶。她有些失落，急忙拼湊著故事，我歉然的請她下回帶當年照片，讓我也能重溫舊時，那美麗的五月天。

很欣慰自己一直對人生充滿恬淡的自信，依然瀟灑的笑傲江湖。這份自信來自扎實的勤奮，沒有一天懈怠；這份自信來自無欲則剛、隨遇而安，且待人以誠。花開花落，飽經風霜，卻只記得飄香。

時光和我並肩，都不停歇，都不回頭，攜手同行，無怨無悔。美麗的五月杜鵑，讓我的那份不安也隨風而逝，我笑迎明天。

牽手學生

兩個牽手多年的學生突然來電約見，說要報告近況，未經思索，便欣然接受。

教書逾三十年，大堂課坐在裡面的自然就成了學生，簡單做個稱職的單向授業 teacher（老師），當然少了交流，除了喊起立的有印象，其他幾乎都是過客，也就少了那麼一點情感。後來有些課改成小班教學，六個學生一組，互動就多了。討論廣泛，雙向交流，之後更成為導師，就有 mentor（導師）的味道了。

記得其中一組六位同學，確實優秀且個性分明，各具特色潛質。兩個女生，一個長髮秀氣、一個短髮靈慧；四個男生，一個靦腆輕柔、一個才華外溢、一個瀟灑隨興、一個沉穩內斂，但都聰明且各擅勝場。這麼多年仍記憶猶新，也知道他們已各擁一片天，都是獨當一面的主治醫師。

約六年前，秀氣的和靦腆的突然牽手來看我，要求證婚。其實不喜歡招搖，但學生的喜事，毫不猶豫應允。當年一定祝福了早生貴子，但時日久遠，也就忘了追蹤成效。金口鐵口都成了空口。

今天他們又牽手來見我，以為只是分享弄璋的喜悅。談了方知，原來兩位醫師，起初以為生育事小，照教科書做就好，上過解剖、生理、泌尿、婦產，考試高分，一切瞭然於心，理當收放自如，一喊起跑就該達標，像當年讀書一樣，也就先悠閒的蹉跎。

待雙方工作穩定了，覺得是時候了，年歲也大了，卻無法如願的屢試皆爽，才慌了手腳。留了卵子，吃藥、打針，卻僅曇花一現，反而帶來更多的失落無奈，由自信、盼望、失望到絕望。那是條考驗人性、愛情，艱苦殘酷的路。即使今天，當我輕佻揣度那不堪磨難的歷程，女生仍然潸然淚下。

我很高興，他們在對傳宗接代失去信心的時候，沒有失去對彼此的信心，沒開我這認證過的玩笑。為了散心，為了遠離傷心地和挫折，他們遠旅英國，住在美麗的農莊，然後在自然無拘束的環境下，上蒼當天就給了他們禮物。

他們帶了滿月油飯來看我，男生靦腆中更具自信，女生秀氣中愈顯堅韌。經過風雨，情深義重。用他們的手機留下合影紀錄及農莊照片，寄回給我，我當下回了「等兒子長大，一定要帶他來這個投胎地」。

不覺莞爾，也祝福他們闔府健康平安、幸福美滿。

人情世故

我不想教你人情世故，因為心思催人老，那是人生課題裡很難的一堂。

老成世故，剝落的是珍貴的童真和初心！

懂了，也就老了、濁了，是年齡倒好，怕的是心境，和對人的信賴。補漆的牆，抹不去斑駁的痕跡。

我又不得不教你人情世故，因為登高望遠、江湖行走，就是一個險字，偏富貴險中求，成功的階梯總構築在惡水斷崖，又恐你跌跌撞撞或失足跌落，乃殷殷回眸，欲言又止。

你一定不想我教你人情世故，讓一些老生常談亂入你的人生，讓你最美好的率真也變得矯情，或與初心相違而瞻前顧後、進退維谷。

你也可能會怪我不教你人情世故，在受挫或失意的那一刻，讓你的人生陡然墜入深淵，讓率真成為刺入胸膛的利刃，徒留憾怨。

走到今天，彷彿功成名就，卻感覺身上包覆著一張虛偽的膜，緊緊纏繞，不自在的令人窒息。與童真背道，漸行漸遠，故頻頻回首，不斷追憶原我，洗滌心靈，想掙脫囚困的鎖鏈，和那些歲月塵埃灰濛了的形樣。

我仍然決定告訴你那些歲月教給我的，人生洗鍊出的人情世故。

但也要同時不斷提醒保有正直善良且感恩惜福。所以說「清有清的明朗，濁有濁的坦然」，是不入虎穴，焉得虎子，為清而濁的無奈和權宜。瞭然清濁同源，都緣自仗義行善，人情世故也就教、學都快樂自在了。

香氣

香氣流竄，縈繞氤氳，在髮梢心頭，無聲無息，無影無蹤；在俯仰吞吐，駐留飄逝，風中來去！

意欲留香，伸手掬攬，幻影飄浮卻悵然無獲，而盤踞的，僅是殘存的記憶！在某一處、某一刻，強烈卻淡淡的流逝！模糊在滾滾歲月中。

探首草圃，花團錦簇，數大為美，滿園生香，在濃妝豔抹中招蜂引蝶，一片美色，香氣浮沉於萬紫千紅，此起彼落。

角隅暗香一縷，襲人迎面，卻一花綻放，萬苞成塚。享一方獨豔，終孤芳自賞。而一香迷魂，萬香御風。

滿園生香能成大歷久，暗香一縷終飄散無蹤，繁花似錦、桃李成蔭，飄香成風，留香成憶！

普悠瑪的邂逅

玉里返臺北普悠瑪號，前排一對原住民夫婦帶了兩個漂亮小女孩，三人沉睡。只有小的充滿活力，好奇四處張望，一雙漂亮靈動的眼睛，褐黑的皮膚，童稚的歡顏，立即禁錮了我的目光。她也立即捕捉到來自後排喜愛的訊號，興奮的跳上跳下，左右上下各種角度窺探凝視，我也完全配合的用柔和的眼神溫暖的擁抱，直至她向我伸出可愛的小手，指甲有點黑，卻像靈蛇般奔纏而來。

我反而僵硬遲疑，狠心迴避閃躲。心意上是契合的，但畢竟老成持重，眾目睽睽，只無奈用笑容透露欣賞疼惜，沮喪的淡定淡出。

車行漸遠，拋離崇山峻嶺，藍天白雲，駛向晦暗的都市叢林。我依依不捨那雙充滿生命之火的眼睛，默默祝福這一雙眸子，迎向世上所有的新奇與喜樂，更希望這一隻未及握住的小手，接住世上所有的美麗與善良，讓這些可愛的孩子健康成長，並擁有無限美好的未來。

被放逐的老闆

不知道為何，安安靜靜坐在辦公室裡也會造成別人困擾。明明已輕聲細語低聲下氣，也不擅自揪團無由開會，完全照表操課，仍然討人嫌。

以國旅卡未用及為健康著想等理由，集體霸凌強迫休假。明明知道我放不下辦公室的一切，卻就是好說歹說的要逼我遠離；明明知道我真的以上班為樂，卻就是百折不撓的硬要促我熄燈。僵持推拒了一陣，拗不過又唯恐眾叛親離，就先勉強同意了半天。即使半天也讓大夥笑逐顏開。猜我這裡頭燈一關，外面也一定就配合省電了。

被放逐的清晨，悻悻然遙望上班地方的天空，好像沒因老闆不在而烏雲密布；再睜大眼狠盯著手機，也好像斷了電般居然連個簡訊都沒有。讓人意外的是辦公室好像還真能沒有我嘿！

既然休假就不能悶在家裡，不然兩邊驅趕，還真是沒面子的無容身之地。放逐的日子總是該行走天涯，於是驅車海邊找個人煙稀少的地方。天，湛藍，朵朵白雲飄花在山巔；海，相印，碎碎白浪堆雪在礁岩。海天一色間鑲著銀灰，令人心曠神怡，炙熱的陽光淘空了心底的陰冷，柔情的湖水藍直蕩入心扉，輕輕吹拂的風，送走一身的疲憊和抑鬱，涵泳吞吐間更深蘊了無限的熱情和活力。

於是，衷心感謝這有情有義的放逐，海邊的思索深邃澄明，生命的頓號身心受益，明天上班要立刻揪團……，就先揪團討論休假好了。

旅途隨筆

歲月

歲月無情決絕的流動，黥刻下滿面風霜，不忍卒睹的照片，是一生功名利祿換不回的時光日記，換不回那曾經的青春和年少輕狂，我心低盪。

選擇

妻在身畔，為這難得的兩人行，彷彿偷來的休閒時光，雀躍而快樂洋溢。猶似看見當年的她，一樣純真的面龐，一樣無辜的眼神，一樣信念堅定的看著我、跟著我，彷彿擁有世界和無窮力量，我心暖洋。

沒人能擁有全部，得失進退間，只能選擇，選擇你真正在意的、相對快樂的一瓢，伴你行走天涯。

感念

感謝周健隆夫婦幫忙建立屬於我的臉書粉絲專頁。健隆是ＨＴＣ資深工程師，年輕有為，他夫人蔡文茜是我臨床研究的重要幫手，聰慧可人。難得的是健隆更是我女師附小的小小學弟，那個我當年叱吒風雲的領地。

上學途中，穿著布鞋在草叢間追捕蟋蟀、躲防空洞的景象歷歷在目。歌唱比賽、演講比賽、作文比賽、美術比賽、模範生、四所省小聯考榜首，無數的獎和無盡的期許，即使事過境遷，依然在回憶中漾起滿滿甜蜜的微笑。

看他們情深意濃，感謝他們的協助，並祝福這一對才子佳人。

捨得、捨不得

看《聯合報》上蔣勳先生兩方拙樸的壽山石小印（103.9.22），睹物生情。一方捨得、一方捨不得，道盡世間的分合、糾葛、進退、牽扯。人生在捨得、捨不得間跌撞、擺盪的前進，蓋下一方方朱紅的印。

捨得可能柳暗花明，捨不得可能懷璧其罪；捨得可能塞翁失馬，捨不得可能作繭自縛；捨得也可能終身遺憾，捨不得更可能遺憾終身。捨得也罷、捨不得也罷，再大的飢渴，也只得一簞食、一瓢飲。

人生的選擇很多，但結果唯一。唯一的選擇、唯一的生命旅程。捨得、捨不得，再歡喜、再悲痛、再猶豫、再掙扎，終只是江海中的點滴，忽喜忽悲，又喜又悲的成就一生。迎、拒、捨、得都只剎那，而剎那就是永恆。心有多寬，世界有多大；捨得、捨不得，又何奈！又何妨！

非分之心、非分之行

美麗，誰不欲珍藏。

山河秀麗，故烽煙四起。崇拜成吉思汗的豪情：征戰到山與海的盡頭。但國破家亡，是多少人的夢魘。一人一國有慶，多人多國懷憂，拔刀易、收刀難；拔刀當思受刀之苦，故勸刀下留人。

紅顏秀麗，故衝冠一怒。歷代將相王侯，多少英雄豪傑，栽倒美人關。

抱得美人歸易，贏得眾人笑難；一人笑、萬人哭，長城哭倒，家破人亡，美人終成禍水。出手易、回手難，故勸君子自重。非分之心，人或有之，當深藏方寸；非分之行，應止乎禮，期寸步不移。

生命中的美麗與哀愁

小巨蛋聽民歌演唱，燈暗，一句高亢的「再～唱一首思想起」，第一個字就飆淚。小學，隨便一唱，就全校第二名，那時是音樂老師用風琴伴奏，唱的是〈青春舞曲〉：「我的青春小鳥一去不回來。」當時大概十歲吧，第一名是一位高年級女生，唱「滿江紅」，畫面歷歷在目。而時光無情逝去，印證了那首歌，一去不回。

一首〈秋蟬〉：「聽我把春水叫寒，看我把綠葉催黃。」藉一隻蟬，唱出秋天的蕭瑟，是強說愁的表現方式，在青春的年代會有許多共鳴。但接了新職，在新的一年裡，聽了格外有感，且聽我把寒水叫春，看我把黃葉催綠！

輕輕跟哼著〈讀你〉：「你的眉目之間鎖著我的愛戀，你的唇齒之間留著我的誓言，你的一切移動左右我的視線，你是我的詩篇，讀你千遍也不厭倦。」彷彿又回到學生時代的細膩溫柔，相信此時的眼波已柔情似水。

〈天天天藍〉是另一首好聽的歌：「不知情的孩子，他還要問，你的眼睛為什麼出汗，情是深、意是濃、離是苦、想是空。」有意境又美的歌，觸目所及的人都跟著搖擺哼唱，只是心中必然懸念著不同的故事。

一首〈魯冰花〉：「當手中握住繁華，心情卻變得荒蕪，才發現世上一切都會變卦，當青春剩下日記，烏絲就要變成白髮，不變的只有那首歌，在心中來回的唱。」當年唱得毫無感覺，如今才恍然大悟！

接著〈盼〉：「我把想你的心，託給漂泊的雲。」多麼無奈又浪漫！

〈如果〉也是好聽的歌：「如果你是朝露，我願是那小草。」想起年少情痴，也曾有相同的盼望。

〈拜訪春天〉：「你飛散髮成春天，我們就走進意象深深的詩篇，你說我像失憶的雨點，輕輕飄上你的紅靨。」旋律輕柔優美，進入意境，百鍊金剛也化為繞指柔。

〈忘了我是誰〉，是李敖大師寫的情詩譜成曲：「不看你的眼，不看你的眉，看了心裡都是你，忘了我是誰；不看你的眼，不看你的眉，看的時候心裡跳，看過以後眼淚垂。」唱出一個年輕追求者的靦腆和迷茫，進退間的複雜心情。

年末在風濕科尾牙唱了〈龍的傳人〉，真已許久未開口唱一首完整的歌，自己唱得盡興，聽眾也如醉如痴。很有自信，中年以上一定如醉，但十幾二十歲的少年人，就如痴了，真沒聽過呀！

在民歌高峰會裡演唱的近五十首歌，即使當年也有部分陌生無感。一首歌，能哼在口中，呢喃在心裡，載著記憶，也載著美麗與哀愁，是多麼溫柔又痛楚的感覺。

這場景，多少情緒在飛揚，多少故事在盪漾，溫馨帶著惆悵，有愛、有悔、有追憶、有思念。令人流連忘返，不是場景，是歲月。啊！我的青春小鳥一去不回來！

寂寞太近，而你太遠

連四天假，焦慮！妻和老同學約了去桂林，據說忘了是連假。甩了我，抱歉又緊張，卻掩不住雀躍。應該的，由日出守到日落，由年初盼到年尾，總要歇息透氣。

想看展覽，怕一個人排隊；想看電影，多一位怪叔叔；想踏青，真不是一個人靜的時候；想訪友，沒門；邀友來訪，都謝謝再連絡；一個人閒逛，眾目睽睽，害羞！

老妻不在，食衣住行成了殘廢；錢省著用，不然不知去哪領。才知笑傲江湖，看似風起雲湧，實已孑然一身。

回辦公室，重拾自在，風采再現，優游於白色巨塔。才知浪跡天涯，以為縱橫萬里，實已局促一隅。

每天看到的臉，感受到的溫度，似已煩膩，卻成依賴，也才懂得寂寞太近，而你太遠。

故宮煙雨

細雨中驅車，水洗過的故宮在煙雨中巍峨。

欣賞難得一見的俄羅斯普希金博物館優游風景繪畫特展，許多法國印象派大師的作品，包括莫內、雷諾瓦、畢沙羅的畫作，以及塞尚、高更、馬諦斯、畢卡索等，真是美不勝收、各擅勝場。

同樣的山水，不同的角度筆觸情懷涵養，就有不同的圖像；同樣的色彩，不同的濃淡光影厚薄層次，就有不同的風貌。看畫也是學習，學畫也學生活。

一片樹葉，為何會透光？為何會迎風？為何會蕭瑟？為何有季節？每一個問號，都有不同的機緣。就像生命，賦予他不同的養分和活水，就會展現出不等的彩色和亮度。不要問從哪裡來往哪裡去，生命就像葉片，內修外緣才能讓其光彩奪目。

美好豐盛的假期

春節是一年中的長假，因習俗而大量減少的病患，使急促的步調得以暫時舒緩，也得以對過去有一番真正的回顧與省思。身為醫學中心的醫師，在臨床、教學、研究，乃至行政的多重競爭壓力下，身心都處於高度磨損煎熬的狀態。即使累了，也只能喘口氣，透支後再出發。

難得假期，探訪國立歷史博物館和市立美術館，卻令我駐足、安神、展顏，而深感充電的清朗平和。龍文化特展，上溯千百年前先人遺物，玉瓷木陶，溫潤並啟發了心靈，潮起潮落，人生而滅，留下的都是周邊事物。

千百年後，一把小手術刀或有千百人瞻仰，而誰曾執了它，卻不再重要；千百年後，人們畫月光，一樣皎潔，但圍坐其下的人，卻已不知是何裝束？人世不能避免的生老病死，行醫不能避免的生死交關，面對死亡，拉鋸於一線間，盡力後輸了的心寒，常令我低迴不已，久久不得平復。

返家後，呼喚妻兒寶貝的同時，卻又撕扯開多少人世間的寶貝。久戰兵疲後的心靈傷痕，我在歷史的洪流和美麗的畫布中得到撫慰。坦然於人不過滄海一粟，在神聖的生命前，醫師如此微渺，而應更習謙卑；在文明的巨輪下，研究如同蟻行，又如何能妄自尊大；在時代的變遷中，教學研究才是相長的重要支柱，也才合於承先啟後、繼往開來的歷史脈動。

塵世的美，捕捉於一瞬間；人生的美，也悟省於一瞬間，給畫布以顏色，化腐朽為神奇。

歷史恆河中，我們或都注定扮演一些角色，想到只是一齣大戲裡的龍套，也就心寬顏開了，我真的感謝這美好豐盛的假期。

留白

藍，鋪天覆地，一望無際，恣意濫情的浸染潑灑。暖洋洋的慵懶，在四月的春日裡，一片淡淡的沉靜清曠又深不可測。世界就是一個顏色。

白，突湧而起，翻滾堆疊，俏麗盎然，在藍天碧海中驚豔，彷彿牛仔褲膝頭的破口補白，濛漫著遐思情逗。顛覆了藍的純淨。

人生，行走間刷一生色彩，在豐滿中的偶一留白，是電光石火時間中的喘息，是熙來攘往空間中的靜土；是藍色憂鬱中的欣然回眸，是膩煩世界裡的輕吹口哨。世界於焉多采多姿。

珍惜留白，正如同珍愛這碧海藍天中的一抹白，那是無價的色彩。

地震之思

半夜地震驚醒，搖晃甚久，不旋踵再入睡，夢裡身困電梯，上下浮沉，渾噩間天明。

辦公室不斷有人進出，片刻沉思，雜念四起。驚覺荊棘遍地，困境接踵，令人焦慮不安。

回頭吧！回頭已無退路。走過的路，荒煙蔓草，已無跡可尋。倘就此退卻，則何必當初；棄劍而降，非我初衷。

原地踏步吧！以靜制動、事緩則圓，是過來人的諄諄教誨，一皮天下無難事。但充耳不聞、尸位素餐，情何以堪，又所為何來。

路，雲深不知處，也只有走下去了。拔劍而起，裹傷再戰，期無怨無悔、無懼無憂。願在方寸間奠百年之基。

輯五

做好我的事情

此刻是你生命中最美好的一部分，

今日所有的怨懟困擾，終將化做他日最甜美的回憶。

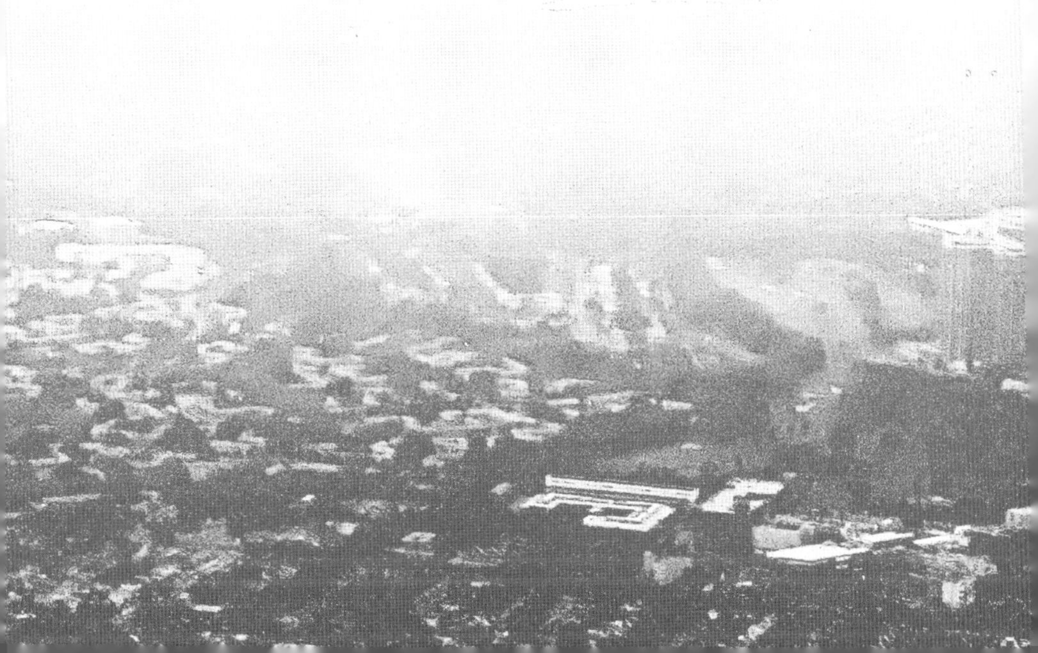

我沒有夢想，我做好我的事情

「中國好聲音」的汪峰戰隊，其中的維吾爾族歌手帕爾哈提，有來自草原的天生好嗓音，讓人無法拒絕，如醉如痴。他的一句話，更震撼人心、發人深省。他說：「我沒有夢想，我做好我的事情。」

天籟之聲直入心坎，素樸的話語更粉碎虛矯。吸一口氣，頓時像天地一樣寬廣無垠。

梅姬風語

風，狂烈雄渾的撞擊著窗，雨也助拳般的迴捲潑奔。室內的我，寂靜但心懸，應合著風雨，總有一絲不安。

也不能一直坐著，著便服閒逛，不乘電梯，走到微汗。許多同仁仍堅守崗位，揮手致意，順便打氣。生活廣場裡依然熙來攘往，高樂雅和星巴克內外飄香，瀰漫著安定的力量，讓訪客的沉重轉趨恬淡。

架接中正樓與門診的空中走道，關了窗仍然有一點濕潮，在強風中晃動。八仙圳荷花池居然仍噴著水，大概是定時的，否則逆天嗆水就多此一舉了。倒是住在池中小島上的幾隻老肥鵝，仍然精神抖擻昂首佇立，看著過往的英雄豪傑也守望著家園。

朱銘先生的銅雕「健康之門」，扛頂著風雨屹立著，模糊而堅挺，他真的不離不棄的走不開，風雨奈何。

小黃仍然在排隊，耐心的守候，為急著返家的人遮風避雨，風雨故人。魚缸裡新生的小魚在自己的快樂世界裡優游，懵懂探索著世界，無風無雨。風雨，也不過一瞬一念之間。

這裡沒有停止上班的概念，全年無休，三百六十五天二十四小時晝夜不間斷的維持高品質服務，看同仁們奔波忙碌著，不得不向這個偉大的醫院禮讚，向在風雨中留守或懸念的人致敬。

值班短記

除夕，一如往日，七點正到院，寬敞的長廊空無一人，寂靜得令人感到孤單。開鎖、開燈，辦公桌上少了平日擺放好的報紙，少了氤氳裊裊泡好的咖啡，最重要的是少了平日會喊早安的聲音。

黯然！空氣清冷，又有點凝鬱。

偌大的辦公室，一個人，環顧，真的再沒有別人。套上白袍，信步到生活廣場，要杯拿鐵，看見一顆披著亂髮的垂頭，聽到今早第一個喪氣的聲音：「一百二十元」，有點無精打采的眼神瞄到證件，「九折，九十六元」。掏一張嶄新紅色百元鈔，找回四個小金幣，感覺有賺！矮櫃裡的甜點極誘人，想想血管、想想錢包，緩緩向後轉。悻悻然繞場一周，三五員工閒逛，臉上彷彿都畫著加班的三條線。

一個人回辦公室，咖啡配全麥餅乾，不搭，但心情特別平靜。坐在椅子上就感覺壓著的錢包厚厚的，血液也流得順暢。看書寫字，愉悅。

民國六十八年實習，在思源樓十樓四人一間睡了兩年；今晚，夜宿中正樓饒富歷史的院長室，耳畔迴響〈小丑〉旋律，內心澎湃，感恩惜福！沒電視，特別節目就是回應臉書，興致盎然，樂此不疲！倒是幾乎應接不暇，捧場者眾，才知多是天涯無聊人，就幾個國字，映入眼簾，也能令人濕眼、狂笑，久久不離線！

聽到此起彼落遙遠的鞭炮聲，應該是夜深了，又是新的一年開始，要加倍努力。今夜獨眠，帶著笑意沉睡。

冰火五重天

史懷哲是擁有崇高人道精神的醫師典範，非洲更是行醫者心中的神聖殿堂，但卻可望而難即。因為印象中的非洲是象徵饑荒、貧窮、死亡、黑暗的遙遠世界，心靈上的憧憬衝撞肉體上的空乏，往往言行難一、望而卻步。

行醫數十年，史懷哲與非洲，一向都只是課堂中或新生面試時拉高曲調的話題，卻突然接到了訪非的指令，且要由嚴寒的歐洲轉往酷熱的非洲，才開始嘗試更真實的了解她。

三萬八千英尺的高空，坐在窗邊的長者引導我看窗外無垠的撒哈拉沙漠，風吹沙掩的大自然景象，嘆為觀止。行程中要訪問駐非醫療團，又怎知對醫療一向高度興趣且悲天憫人的長者，竟然見獵心喜的要我留下來陪他們共度一日，夜宿團內，說我的醫療背景是帶給醫療團最棒的禮物。

猶豫躊躇剎那間在命令與心中澎湃而起的渴望間瓦解。人生充滿不可知的驚喜，不得不敬服大自然冥冥的力量，一切只有順天應人。

同行孫行者兩度提及「上帝也瘋狂」電影中的歷蘇，看見從天而落的可口可樂瓶子，而疾奔沙漠中的畫面；他追尋大地的終點，卻不知根本是在圓中迴轉。我則彷彿也看見從天而降的寶瓶，自己正是忘情奔跑的歷蘇，人生中快速推進，寶瓶提示我曾經滄海、莫忘初衷。

兩週旅程，備嘗艱辛，衝擊震撼，刻骨銘心，以冰火五重天為喻，應不為過。

冰火一重天：溫差

歐洲遭逢百年來最大的風雪，桃園機場仍有攝氏二十度，法蘭克福是零下三度，布魯塞爾也是零下。當夜，我們在布魯塞爾市政廣場上，揣著暖暖包，哈著氣，沿街疾行，躲在小酒館裡吃著冒著煙的食物，就是一個冷字。

清晨我們裹著冬衣，戴著圍巾瑟縮在候機室，窗外白雪皚皚，積雪盈尺，比利時航空在冰雪堆置中的機場跑道上滑行，振翅升空，抖落一身風霜，目標是六小時航程外的非洲布吉納法索。

風雪上空依然一片藍天，飛過地中海，世界已經由白雪變黃沙，溫度是攝氏三十三度。座車疾駛於紅土地，豔陽高照，冒著煙的是遠方破碎的柏油路。路邊裸露著上身的民眾好奇揮手，低矮的土磚房寂寥灰濛。六小時隔絕了兩個世界，零下三度到三十三度，大衣到裸身，富足到貧窮，白變黑；一個地球，同方向旋轉，同樣日升月落，卻有截然不同的人生和際遇。

如果外星人同時擄走了兩地住民，他們對地球的描述，一定有一方說謊，冰火一線，人類真生而平等？

冰火二重天：勝負

在比利時轉機，利用僅有的空暇，遊覽郊區的滑鐵盧古戰場。

滑鐵盧位於比利時首都布魯塞爾南方約二十公里處，因為拿破崙於一八一五年六月十八日在該地與英國、普魯士聯軍會戰而聞名。聯軍由英國將領威靈頓公爵及普魯士將軍布魯歇率領，驍勇善戰的拿破崙於六月十七日先擊敗由布魯歇率領的普軍，並令手下格魯希將軍務必追擊殲滅，自己則趕到滑鐵盧與英軍對峙之後，佯攻英軍右翼，再攻其中段主力，戰況膠著，兩軍皆死傷慘重。

未料普軍殘餘擺脫了法軍追擊，不散不退，回師滑鐵盧。英法兩軍僵持中，拿破崙遠眺側翼塵土飛揚，料定若為格魯希馳援則勝，若為布魯歇逆襲則敗。而布魯歇只因承諾威靈頓會師滑鐵盧，終不顧殘兵敗將，仍兼程趕回，一諾千金，改寫歷史。聯軍很快攻陷巴黎，拿破崙被放逐到大西洋中的聖赫勒拿島抑鬱而終。

拿破崙戰敗後，比利時遭併入荷蘭。荷蘭國王於一八二〇年在滑鐵盧戰役中荷蘭王儲威廉負傷地點，以戰場土石堆一高約四十公尺之小山丘，以茲紀念（一八二六年完工），其上並立一重達二十八噸之銅獅，象徵英國及荷蘭（其王室象徵均為獅子）之勝利。該小山丘計兩百二十六階，可俯瞰古戰場全貌。

因未帶厚外套，不敢登頂，在飄雪中凝神，仍似戰鼓擂動，戰火燎原。如今冰雪覆蓋，往事已矣，又一冰火相擊的剎那。

戰場、人生，勝負一線，何不對酒當歌、瀟灑一回。

冰火三重天：醫療

訪布京醫療團，團長是國防醫學院畢業的黃醫師，已在非洲行醫十七年，一段令人震驚的歷程。不必再問為什麼，就像非洲人定居於這片紅土大地之上。

長者帶著我們夜行於病房，廊下躺在地上裹著包布的家屬，是思念？是關切？是無奈？他們在病房外，隨遇而安，埋鍋造飯；病房內，擁擠酸臭、蚊蠅齊飛，令人震撼。

奉命留宿，牆上的黑點，淨是心頭的恐懼，彷彿張開血口的瘧蚊，正等待閉上雙眼熟睡後的肥沃黃肉。但念及室外黑暗中走廊上裹身而眠的家屬，以及病房內裸身的病患，頭頂一盞白燈、一床棉被，已是莫大的安慰，乃安然入睡。

未及天亮即起身，堅持巡一遍病房。僅數十床，卻看盡悲慘世界。無助的雙眼、瀕死的呆滯，我們的觸摸，喚不起一絲喜樂，也燃不起生命之火，似只是一具具已放棄了的軀殼，已揮別世界的軀殼。

候診室外，昨夜就排在地上大小不一的石塊，今晨又多了幾列。石塊是掛號次序，壓著的是病歷，只有幾個字，是他們的健康、他們的紀錄、他們的一生、他們不可思議的世界。內科病房裡是結核、是愛滋；兒科病房裡是瘧疾、是痢疾。發燒、排泄、惡臭、酸腐。

黃醫師未戴口罩，我只有屏息而入，雖強忍仍幾無法耐受。如何去握、去觸摸停著蚊蠅黑膚的手，傳達教科書中醫師應有的愛，和誓詞裡的不分貴賤，不分種族的諾言，我悵然若失，久不能自已。我害怕看那些眼神，沒有臺北看到的信賴、尊重和安定，只是疑惑、無助和空滯；我是臺北來的醫師，我不知如何是好。

病房邊許多人圍著，說是在辦喪事，黃醫師說這裡沒有醫療糾紛，只有感謝和不斷的生育。人走了，沒有悲傷，或是無奈的沒有哀傷。因為醫療資源匱乏，許多臺灣沒有的病例，不必說橫行的傳染病、寄生蟲，多的是陰道膀胱瘻管，和胸腹腔膿瘍。五歲以前的孩子，常沒有名字，因為那可能只是墳前的一個記號。

對照臺灣的健保，病人恣意在醫學中心遊走挑選，在安逸中爭吵計價基準，生命真的無價？還是根本沒有錢為生命出價？

冰火四重天：邦交

長者的身分，使我們也變得敏感顯貴。沒有邦交的國家，滯留在候機室空眺著窗外，明明風雪機場關閉，想轉他國尋找出口，汽車急駛於高速公路上，卻在邊境上被召回，即使轉機過境也被視為侵門踏戶。航空公司保留的登機證，亦如廢紙般等嘸郎。

回想在邦交國，機車隨護，前導吉普車上站著兩位紅扁帽衛隊，指揮周邊車輛，不但立即靠邊，還必須停駛；賓士寶馬車隊壓著中間分隔線疾駛而過，路旁邊不斷有人揮手敬禮。

深深感受外交人員的辛苦和委屈，君憂臣辱，君辱臣死，他們是那樣努力在維護國家的尊嚴和利益，唯人情冷暖，如人飲水。長者舉例，在邦交國，我們似橄欖球，人人想擁而抱之，以求剎那的溫暖；在非邦交國，則似排球，人人戒懼碰觸停留，以免惹火焚身，在這冰火交界的路途中，感受尤為真切。

冰火五重天：貧富

夜航非洲，也不過下午七時，萬籟靜寂，即使身在高空，漆黑的夜，唯見數點燈火，寥若星辰。非洲大草原是這般寧靜，寧靜得令人戰慄。

安排的仍是當地較好的旅館，杯觥交錯；但僅一街之遙，紅土遍野、草木枯寂，街邊總有人悠閒站著，歡笑的揮手，或好奇的張望，似一簞食、一瓢飲，不改其樂。雖有腳踏車、摩托車，甚至汽車，但都蒙著一層土，那樣遼闊的灰濛，讓人心頭慘澹。

長者將剩餘食物和帶來的衣物分給服務的僕役，領班居然一聲令下，全體臥倒做伏地挺身以示忠誠，再就地以手抓食，令人震撼悸動。

回到歐洲，正值耶誕前夕，雪花紛飛，熙來攘往的人群都在購買禮物，或享用大餐；沒有烈日，但有一杯七歐元的烈日咖啡，冰鎮香醇；霓虹燈閃爍，豔麗燦爛，人聲雜沓，紙醉金迷；僅一水之隔，卻繁華落盡，勿怨嘆上錯天堂投錯胎，樂天知命的貧與名利爭逐的富，真不知哪裡才是大同世界。

歷經溫差、勝負、醫療、邦交、貧富之冰火五重天，歸心似箭、有家最美。願胸腹之間的柔軟與溫暖，能持續並廣被，虔誠珍惜每一個服務人群的機會。

美行點滴

遇到不休假的人，祕書們繃緊了，臉卻愈來愈垮。知道該順應民意，下午由醫院出發，傍晚起飛，踏上規劃已久的智慧醫療美東行。這是世界趨勢，也只能趨炎附勢。

這條航線，開啟了我的醫療志業；如今舊地重飛，依然是學習之旅，感覺到某種因緣際會。

螢幕上顯示，高度九四四八公尺，時速一千公里，真的是在飛啊！窗外浮雲相伴，一路上繫安全帶的燈號都亮著。我斜靠在椅上，忽然想到，這應是我在汀州看診的時間，只有祝福病友都安康如意。

實在無聊，看了部感人的電影「情，敵」，談到夢幻與現實間的情慾掙扎，然後居然有些睏意，但就是不能踏實的睡，莫名有些緊張。不是上課都跟學生說，做領導人要有膽識嗎？

真的想睡了，帶了幾顆安眠藥，平時若緊張睡不著，半顆十分鐘就掛，今天，眼皮卻始終高掛著不打烊，三十分鐘了還昏不過去。艙內近乎全黑，只頭頂的安全燈亮閃著，風拍湧在機身的聲音清晰可聞，飄來移去，一路顛簸，睡得里里拉拉。發明飛機的人真太智慧了，否則世界就是切割的，怎可能就這樣不可思議的坐躺著飄洋過海。

仍睡不著，再追加一部首映電影「愛上觸不到的你」，劇情還真溫馨得記不住。夕陽中掠過哈德遜河，知道已到了世界最大城市之一的紐約。

轉機再飛波士頓，當年隻身赴美一晃三十年，走的是同一條路。凌晨到飯店，三點入睡，六點起床，七點十五到哈佛醫學院的布里根暨婦女醫院，立刻密集和院內高層會面，見了三位副院長、資訊長、醫療事務長、安全部長等，充分討論而收穫豐碩。

尤為難得的是見到已年逾八十卻依然健朗的恩師薛爾教授（Peter Schur），他居然打著十餘年前送他的三軍總醫院領帶，乃相互擁抱，久久不能自已；再隨他看了過去的實驗室，當年的夜以繼日、宵衣旰食，令人觸景生情，極度興奮於年少時的熾烈。

結束後，車繞行到 Park Drive 137，這個住了兩年的公寓，歲月沒有在崗石上鑿下痕跡，卻在內心深處埋下激動澎湃。可惜大雨，未能久留，昔日主人，今日已然過客。

翌日先會見哈佛醫學院院長達利教授（George Dally），再啟程往麻省理工學院，參訪電腦科學與人工智慧實驗室，在聖殿中和怪咖們交流，感覺不可思議，也衝擊啟發了諸多想法和規畫。

下午離波士頓，飛往巴爾的摩。聽說治安不好，兒子們都再三警告要多安於室，就暫做個聽話的父親。一早再出發探訪另一舉世聞名的約翰霍普金斯醫院，主要參觀指揮中心、門診手術與警示系統運作、癌症中心，並和主

管國際醫療的副院長座談，大開眼界且不虛此行。

夜晚飛舊金山，遠眺窗外，萬家燈火。夜，應是團聚的時刻。清晨到站，略事休息即登機返臺。機場碰到醫院護理督導長和護理長們，恰巧由密西根轉機過來，他鄉故知、格外親切；唯大夥卻亟欲澄清確實是來開會的，露出此地無銀的赤誠。座艙長知道我們有五位醫師，還有護理同仁隨行，微胖的身體露出安全的微笑。

機內機外一片墨黑，時間空間彷彿靜止。我穿著拖鞋在九千公尺的高空移動，靜靜劃過長空，浮沉中向家奔去。你只能相信自己不能掌控所有，只能相信專業，或偶爾依賴別人。舊金山到臺北一〇七七六公里，飛了十二小時，又看了兩部電影：「深海救援」及「紅色密令」。奇怪的選片，出門還柔軟，回程卻更剛猛了。

假期拾穗

假期雖仍懸著心，但總多了放空。喝完咖啡，夾克球鞋，漫步街頭，沒目的的走卻處處驚豔。

轉入一個小學，兩株火紅的花盛開，未曾相識，打開新添的軟體PlantSnap，照相上傳，答案就跳出來了：Weeping bottlebrush，垂枝紅瓶刷子，且雙姝同名。

想想也是，君子不器，理應時勤拂拭，瓶刷當也各有其型。傳神的名，動人心弦的植物。

繞了千百回的公園，再繞依然變化萬千。綠樹下慵懶的貓，披著華麗的

黑袍，優雅神祕。晶亮的眸子盯視著，或許充滿了憂懼不安，或許在等待一次撫摸，這麼漂亮悠閒，應該不是野貓，那主人呢？還是她也有個放縱的連續假期？可能我粗魯的拍照，讓她覺得掃興且不受尊重，總該有個先來後到，悻悻然轉身走了，卻畢竟是一次難得的春日邂逅。

李珀校長的臉書有春天的訊息，踏青尋芳，開一個多小時車，只為繽紛落英，流蘇為老樹白了頭，像一襲紗頭巾，讓青綠淋了霜。園裡仍留了幾株殘梅，在綠布上飄著粉紅，在清冷中撒著柔情。草上的露珠，不知是清晨的霧還是昨夜的雨，一樣珠圓玉潤、晶瑩剔透。

車流順暢，回程下三峽交流道走踏老街，金牛角加烏梅汁，行走在紅磚厝間，踩壓在石板地上，濡沫在人群聲中，焚燃著臺灣旺盛的生命力。許多的廟宇，小小一間卻香火鼎盛，是人神互通衷曲的場所，霎時間靜肅聖潔。

假期間又回醫院，一定是思念！由石牌路出來，也就是左轉右轉的選擇，左轉過千百次，今天右轉。而淡水漁人碼頭，過去少來，總推託時間緊促，更因為那諧音的漁人兩字，就覺得不是自己該去的地方。有點南法的味道，許多遊艇停靠著，不知是到了站還是要出發，總載著鄉愁和勇氣。

假期終有頭有尾，最後就是要收心，明天又要整裝上場，上場就只能有贏不輸！

越南行

越南行，匆匆去來，離開旅館豪付四萬盾小費擺床頭，財力雄厚？不，其實是公訂價相當二元美金。越幣票面額最高是五十萬，買個最普通刮鬍刀十一萬盾餘，觸目驚心。

臺灣目前有約三十五萬越南人，因收入較當地好，存些錢回國，可幫家裡蓋新房子，改善家計，因此對臺灣一般印象甚佳。唯越配眾多，對國家長遠未來必有影響。

越南每年內需三百萬輛摩托車，是主要交通工具，地鐵正開始興建，唯使用前景並不看好。街上車輛橫衝直撞，喇叭聲此起彼落，真的各憑本事，沒在讓也沒在怕的。

僅胡志明市，即一千萬人口。去年一年有一百五十六萬新生兒，而臺灣僅十八萬。參觀一所兒童醫院：每天六至八千兒童病人，門口有賣玩具的、賣小吃的，像個遊樂場，真是嘆為觀止，難以置信。

越南久經戰爭，民族性堅忍，能吃苦且勤勞，臺商認為是自卑中的自尊，且全國奮起的目標一致，完全不可小覷。也難怪被《經濟學人》雜誌選為四未來國家之一。

臺灣目前毫無疑問仍明顯領先，唯一定要警覺周邊國家的快速進步，絕不能故步自封，眼高手低。有一位兒童醫院院長來臺灣已超過十次，學了知識技術，回去用在至少十倍病童身上，經驗累積，未來競爭中，鹿死誰手尚未可知。

七月二十六日早上九點到七月二十八日早上九點，二十四小時馬不停蹄為南向政策簽了五個越南大學或醫院的合作協議，也參加了外貿協會的臺灣

YASHIDA
KÉT SẮT YASHIDA
Két Sắt Chống Cháy
Chống Trộm

醫療日。南征北討，始終深記國家、責任、榮譽。

兩個兒子於七月二十六日一起出國讀書了。忙碌緊湊的越南行，或許淡化我些許思念，唯夜深人靜，仍輾轉難眠。返家，人去樓空，生氣渙散，泡麵果腹，萬念俱淡。

一生中的一天

清晨的臺北依然沉浸在慵懶的睡意中，約好五點半出發，只是把鬧鐘向前調了一小時，感覺外面暗黑了些，同樣的起床後標準作業，一絲不苟已不知多少寒暑。襪子先左後右，再穿襯衫套長褲，迅速打包自己。唯一的停頓是選條領帶，但也僅止於灰褲藍帶，或藍褲灰帶，基本上就是一個生活上難以自理卻又容易打發的人。

一如往常出門前喝口水繫緊鞋帶，也僅比平日早了一小時出門，幾乎分秒不差。唯一的不同，是撿起丟在門口的早報上一定有著不同的標題罷了。想出個差錯有個驚奇都難，就這樣平鋪直敘的看日頭起起落落一晃數十年，也就這樣不情不願又循規蹈矩的上了車。

不喜歡也不習慣出遠門，似乎是愛上還是沉癮在緊張和壓力下無法自拔，彷彿辦公室才是舒壓的地方，卻真是進去時歡喜放鬆，出來又一身歉疚緊繃。總算今天又拋開一切的疾馳在前往機場的高速公路上，一路車寡人稀，只有車燈在快速的旋轉追逐，妝點著黑漆的晨曦。

飛機展翼在藍天白雲裡臺北的天空，飛向日本福岡，彷彿說不完道不盡的悠哉游哉。猜我準備逍遙多久？跟李白當年一樣。李白的詩〈早發白帝城〉，千年前已描述了我此刻的行程，「朝辭白帝彩雲間，千里江陵一日還。兩岸猿聲啼不住，輕舟已過萬重山」。

不自覺湧上一股使壞的笑意，安排得這麼折騰人，其實就是因為幾個祕書聯手算計，只因跟了一個急驚風又不休假的老闆，就像買錯船票上錯船，平日個個裝老實誠懇，卻總是刻意露著疼惜的表情，拚命慫恿我出國、鼓勵我遠行，看穿了、摸透了卻逼不得已點頭。

看那一剎那藏不住的眉開眼笑、掩不住的歡欣鼓舞，還喜孜孜、怯生生的斗膽問我去幾天，當然是正暗中各自盤算著自己的休假和旅程。幽幽淡淡的回應：一天。沒聽錯，就一天。睜大眼看滿臉疑惑，臉垮到剩三條線還要擠出望你早歸的扭曲笑容。促狹式當天來回的出國似浮生一快，也彷彿堵住老闆都不出國的抱怨，一年兩趟，但合計三天，其實真正是凌虐了自己，內傷又自閉。

長榮航空的日式早餐極為可口，在三萬英尺高空啜一口綠茶的難得，不由得泛起一抹滿足的微笑。心思隨窗外飄逝的白雲又飄回臺北的醫院，此時門診應該一樣熙來攘往，手術室依然血肉橫飛，加護病房也充斥著急救與機器的喧嚷。

臺北的醫院不因我不在而有任何停頓或改變，我又為什麼這麼多牽掛？不禁些許悵惘。機長廣播福岡機場大雨，落地跑道更換，延遲二十分鐘降落，充滿感情的痴痴看著大地，卻沒有落地許可，懸浮空中，人又真能掌握些什麼？

由機場出來，先坐接駁車，再換地鐵，再換火車，再轉計程車，才到達目的地。走訪非英語系國家，語言不通，大家都露出幼稚友善的笑容，用天下媽媽教的一樣手勢比手畫腳，一知半解的也能解決問題。

吃一碗道地的博多拉麵，九百日圓，座位一格一格中間隔開，廚師由前方小窗接點麵單，彼此看不到，送上麵拉下拉簾，就是一個獨立的小世界。大家窸窸窣窣的埋頭苦幹，說是注重隱私，還不就是少說話早走人。

憶起大學時去東港同學家開的養雞場，一雞一格籠，也沒問人家要不要隱私，還不就為了餵飽後專心下蛋；同樣的感覺，不同在簾後送出煮熟的蛋，而我不會生。

在九州重粒子癌症治療中心聽了一小時簡報，半小時現場導覽，半小時討論，對得起大家起身離去。這回學乖叫了計程車，直抵機場。一個人旅程，怕誤了點，兩地時差一小時，不斷對錶，以登機門為中心繞著慢轉，萬無一失。

華航的和風料理，同樣精采，在三萬英尺高空一碗熱騰騰的白米飯，直炙心扉，是在回家的路上了。甜點上飄了一片楓葉，空服員解語，留在扶手上也就攜了回來，給這特別的一天留下回憶的信物。

深夜歸途，好像比清晨還靜謐墨黑。即使萬里征途，顯赫一時，燈火闌珊處，也只有家一如往常，默默迎接，看花落花開，寵辱不驚。一天熄燈打烊了，被褥溫度猶存，主人回來了，天沒變，地沒變，我沒變，怡然入夢。

常愛發表短文抒發心境，或質疑我技止於此，其實是個性和風格，不喜歡拖拉；寫得短潔多了想像空間，像生命中一滴甘霖一個音符，暈染一幅水墨，奏鳴一曲旋律。長了太細膩反而糾葛，融入到難以抽離，倒不見得是功力。不到兩小時卻文思泉湧滿而溢，接不及也止不了，綿延不絕無止無境，知道只要有感動，吉光片羽即能揮灑成文，絲毫不是少了腹中錦繡。

《一生中的一天》是齊邦媛教授十年前的文學作品，最近受邀於全國高中高職家長會，推薦這本好書給全國高中高職學生。一生是一天天組合，一天精采，一生豐盈。

找一條自己的成功之路

奉國防部令自九十四年九月一日起，以三軍總醫院院長職代理國防醫學院院長。當第一次在致德堂主持月會，我站在臺上，面對臺下師生，心中頓時澎湃洶湧。曾經我站在臺下望著臺上，而今我在臺上看著臺下，豐沛的情緒填膺。

猶記得當年（六十三年）入學前到處尋覓國防院址，不得其門而入的迷惘。在中山室集體落髮的悲傷，從地上撿起套量軍服往身上比畫的惶惑，唱軍歌行進於水源院區的迴盪，和排公用電話打回家不想念了的宣洩。

然後我融入這個大家庭，享受著它特殊的文化。多少年過去了，仍縈繞著由九教室飛奔而出衝向餐廳人馬雜沓的轟然巨響，因不滿伙食集體以鐵湯匙敲擊鐵餐盤的血氣方剛，依著牆頭等碗熱麵的期盼與滿足，以及看著翻牆跳舞被卡車載回同學們的無奈和憤慨。

眼睛裡清楚浮現當年穿著四角軍用內褲，吹著電扇等待大體解剖補考的同學；記得六人一間的寢室，大伙如何分享喜怒哀樂；如何在充滿福馬林味的解剖室為了記每條肌肉神經的名稱而圍著大體翻弄；記得當守門和校隊比賽在堅硬的石板地上撲球的英勇；記得當校隊在臺大參加大學盃橋牌比賽出錯牌的懊惱，更記得上臺領獎的榮耀，和試穿白色醫師服的感動。

實習時由榮總思源十樓看繁星點點，數落地上汽車，談論喜愛的型號，彷彿幸福就在腳下；但窗臺栽種的仙人掌卻也透露著充滿挑戰的前程。清楚記得趴在床上由同學告知畢業後得留在三總任住院醫師的喜悅。深情的看著八卦園，那裡有我最深的懷念。

進三總第一個月住院醫師就分配在風濕免疫科，總那麼厭人的從一而終個性，第二年突然獲通知必須抽籤下部隊一年，聚集在院長家，大家七嘴八舌又怎能撼動他的決心和策略。在豔陽下到了左營軍區的海軍官校，在天天等待返鄉的無聊時光中，閒的結了婚。主治醫師三個月，拋妻棄子赴美念書，孤獨的在冰天雪地的哈佛校園裡燃起了求勝的信念和找到自己的路。

時間像書本被風吹得翻頁，偶一止息，駐足了我們的回憶，但歲月就這樣流失，流到了白頭，卻只記得依稀。

太多的乾坤挪移，太多的因緣際會，太多的命運操弄，充滿不可理解的驚奇巧妙，眷顧我單純而奮鬥的人生。

由風濕免疫科主任、民診處主任、內科部主任、行政副院長、教學副院長、醫學系主任、醫療副院長兼執行官、三總院長，直到代理國防醫學院院長，一路走來似順暢而艱辛，酸甜苦辣點滴心頭，卻充滿感激和喜悅。

人生的路，充滿不可測的驚奇，我思索了「真誠、勇敢、謙和、存厚」八個字送給大家。迎新會上，我曾引述李白的詩「朝辭白帝彩雲間，千里江陵一日還。兩岸猿聲啼不住，輕舟已過萬重山」，希望大家心領神會。

國防醫學院歷史悠久，賢人輩出，無論過去對大陸或現在對臺灣的醫療都有不可磨滅的重大貢獻。在歷任院長領導下，始終秉持博愛忠真的校訓，薪火相傳著國家最可信賴、最值得尊敬的醫護人員。無論山巔水涯，無論窮鄉僻壤，一聲令下，國防醫學院的旗幟，總飄揚在最前線。很少醫學院，如我們這般顛沛遷徙，但打散又再凝聚，國防的精神養成我們艱苦卓絕、服從負責的特性，而終成為醫療體系的中流砥柱。

將來你一定會以這個大家庭為榮，今日所有的怨懟困擾，終將化做他日最甜美的回憶。千里之行，始於足下，相信我，此刻是你生命中最美好的一部分。

入學三十一年，畢業二十四年，我站在這裡，我想簡單敘述一個故事，讓聰明的你們去發掘，去體認，去探索，找一條自己的路，唯一擁有的路，也希望是自己滿足而成功的路。

社會人文 BGB491

醫中有情

臺北榮民總醫院院長張德明的行醫筆記

作者 — 張德明

總編輯 — 吳佩穎
副主編暨責任編輯 — 陳怡琳
校對 — 魏秋綢
封面設計 — 鄒佳幗
內頁排版 — 張靜怡

出版者 — 遠見天下文化出版股份有限公司
創辦人 — 高希均、王力行
遠見・天下文化・事業群 董事長 — 高希均
事業群發行人／CEO — 王力行
天下文化社長 — 林天來
天下文化總經理 — 林芳燕
國際事務開發部兼版權中心總監 — 潘欣
法律顧問 — 理律法律事務所陳長文律師
著作權顧問 — 魏啟翔律師
地址 — 台北市 104 松江路 93 巷 1 號 2 樓

讀者服務專線 — (02) 2662-0012 ｜傳真 — (02) 2662-0007；(02) 2662-0009
電子郵件信箱 — cwpc@cwgv.com.tw
直接郵撥帳號 — 1326703-6 號　遠見天下文化出版股份有限公司

製版廠 — 中原造像股份有限公司
印刷廠 — 中原造像股份有限公司
裝訂廠 — 中原造像股份有限公司
登記證 — 局版台業字第 2517 號
總經銷 — 大和書報圖書股份有限公司 電話／ (02) 8990-2588
出版日期 — 2021 年 1 月 19 日第一版第 3 次印行

定價 — NT 450 元
ISBN — 978-986-5535-15-5
書號 — BGB491
天下文化官網 — bookzone.cwgv.com.tw

國家圖書館出版品預行編目（CIP）資料

醫中有情：臺北榮民總醫院院長張德明的行醫筆記／張德明著 . -- 第一版 . -- 臺北市：遠見天下文化 , 2020.06
面；　公分 . --（社會人文；BGB491）
ISBN 978-986-5535-15-5（平裝）

863.55　109007604

天下文化
Believe in Reading